B&S Taschenbuch

Drei Menschen, zwei Züge, eine Nacht: Im Liegewagen von Budapest nach Berlin fürchtet ein afghanischer Flüchtling seine Entdeckung. Eine Museumspädagogin auf der Heimreise versucht im selben Waggon, den Grenzschutz zu überlisten. Und ein Beamter des Bundesinnenministeriums, hin- und hergerissen zwischen Politik und Privatem, kehrt im Schlafwagen von Verhandlungen in Paris zurück. Ängste und Erinnerungen steigen in den Reisenden hoch: Während ihre Nachtzüge durch Europa rollen, treffen ihre Lebenswege unerwartet aufeinander.

Roland Siegloff beschäftigt sich seit vielen Jahren mit den Themen Asyl, Migration und Grenzen. In *Nächster Halt: Südkreuz*, seinem ersten Roman, gestaltet er das Thema in neuer Form. Der Journalist und Autor, 1963 in Emden geboren, lebt in Berlin und Brüssel.

Vom selben Autor im Böhland & Schremmer Verlag bereits erschienen: *Im Namen der Route 66 · Au nom de la Route 66 – Drei Reisen in Europa · Trois voyages en Europe* (2013), *Im Namen der Route 66 · In the Name of Route 66 – Neue Reisen in Europa · New Journeys in Europe* (2014).

Desweiteren: *Reise zu den letzten Grenzen. 100 Tage freie Fahrt durch die Festung Europa* (2011).

Roland Siegloff

Nächster Halt: Südkreuz

Roman

Böhland & Schremmer Verlag

Umschlagfoto: ©Roland Siegloff

www.boehland-schremmer-verlag.de

Erste Auflage 2016

Lektorat: Böhland & Schremmer Verlag Berlin
Satz: Böhland & Schremmer Verlag Berlin
Gesamtherstellung: Böhland & Schremmer Verlag Berlin
Druck: Westkreuz Druckerei Ahrens KG Berlin/Bonn
Umschlag: Gerhard Axmann
Printed in Germany
ISBN 978-3-943622-13-3

»Es ist gefährlich, ein Buch zu öffnen.«
Sylvain Tesson

Paris

Der Satz saß. So gut, dass er Norbert Grebbe nun wieder durch den Kopf schießt. Zwei Sätze sind es eigentlich, die er in einem Interview gelesen und sich gemerkt hat. Sonst erinnert er sich selten an Zitate, aber dieses ist hängengeblieben. Er weiß nicht mehr, von wem es stammt. Der Interviewte war weder bekannt noch gar berühmt, aber Grebbe fand, allein wegen dieses Gedankens hätte ihm der Nobelpreis für Philosophie zugestanden, wenn es eine solche Auszeichnung denn gäbe. Und dass Kollegen diese Sätze später zitierten und sie einem bekannten Film zuordneten, mindert ihren Wert in seinen Augen nicht. »Am Ende wird alles gut. Und wenn es nicht gut ist, dann ist es noch nicht zu Ende.«

Grebbe steht vor der Pariser *Gare de l'Est* und zieht eine Schachtel Zigaretten aus der Sakkotasche. Verrückt, wie man zu alten Gewohnheiten zurückkehrt, wenn sich die Lebenssituation plötzlich ändert. Auch ein bescheuertes Wort, Lebenssituation, denkt Grebbe. Nur um einen treffenderen Begriff, Liebenssituation, zu vermeiden. Er schüttelt den Kopf, sucht den Gedanken zu verscheuchen.

Auch während der Verhandlungen heute ist er gedanklich wiederholt vom Thema abgeschweift. Immerhin ist er Routinier genug, um in den entscheidenden Momenten geistig präsent zu sein. Er hat mehr oder weniger erreicht, was er sollte. Das Resultat solcher Runden ist sowieso stets ein Kompromiss. Den Minister müsste er eigentlich überzeugen können. Der hat der Presse schon viel absurdere Konferenzergebnisse als deutschen Erfolg verkauft.

Aber es kann natürlich auch anders kommen. Der Chef ist für seinen Jähzorn bekannt. Er wird unberechenbar, wenn ihm etwas nicht passt. Grebbe erinnert sich an jenen denkwürdigen Tag im Delegationszimmer auf dem Luxemburger Kirchberg, wo der Minister in einer Verhandlungspause das knappe Dutzend angereister Journalisten briefte. Er selbst war damals noch ein kleiner, unbedeutender Referent, der außen am Tisch saß. Die Plätze neben dem Mächtigen standen den Abteilungsleitern zu, den alten und erfahrenen Beamten, lang schon ergraut im Dienst für Deutschland. Einer dieser gestandenen Männer zog des Ministers Zorn auf sich, als er geforderte Zahlen weder im Kopf noch in seinen Unterlagen hatte.

»Schebbmann, wo haben Sie die Daten denn? Machen Sie schon! Wie sollen wir hier arbeiten, wenn Ihre Akten unvollständig sind? Unmöglich ist das!«, schimpfte der Chef vor versammelter Mannschaft. Seine Kiefer mahlten. Die Kollegen duckten sich in ihre dunkelgrauen Anzüge. Die Korrespondenten auf der anderen Seite des ovalen Tischs wechselten zwischen Staunen und Fremdschämen. Der Gedemütigte, der keine fünf Jahre vor der Pensionierung stand und gerade zum zweiten Mal Großvater geworden war, blätterte fahrig in seinen Papieren und blickte betreten in den dicken Ordner wie ein Schuljunge, der seine vergessenen Hausaufgaben vorzeigen soll. Schlimm war das gewesen. Und Ähnliches kann jeden Tag wieder geschehen.

Grebbe schaut auf seine Schweizer Uhr, vergleicht deren Angabe mit dem großen weißen Zifferblatt vor dem prächtigen Rundbogenfenster der Bahnhofsfassade. Allmählich wird es Zeit, auf den Bahnsteig zu gehen. Er ahnt, dass er seine letzte Reise auf dieser Strecke antritt.

Budapest I

Nun ist er doch als Erster eingestiegen, findet sich zumindest im Abteil mit seiner Liege allein wieder. Ob das klug ist?

»Du musst Dich immer unauffällig verhalten, so normal wie möglich!«, hatte sein Cousin Asif ihm mehrfach eingeschärft. Er hat versucht, sich daran zu halten. Er hat gelernt, seine Umgebung zu beobachten und sich anzupassen: Sein Aussehen, Art und Tempo seiner Bewegungen sollen in der Menge aufgehen. Er darf nicht länger er selbst sein, muss durchsichtig werden in der Masse, ein konturloser Mensch, ein unbeschriebenes Blatt.

Zu einem reisenden Chamäleon hat ihn dieses ständige Streben nach Unsichtbarkeit nicht gemacht. Wie soll Aryan Shukrula auch das gleichgültig selbstbewusste Verhalten unbesorgter Menschen imitieren, wenn er selbst unentwegt seine Entdeckung fürchten muss? Immerhin hat ihn seine Anpassungsgabe bis hierher, auf den Bahnhof von Budapest, gebracht. Als er drei Tage zuvor die rumänisch-ungarische Grenze überschritt, blitzte für einen Augenblick der Gedanke auf: Mensch, wenn Du es bis hierher geschafft hast, wirst Du den Rest auch hinbekommen. Doch dann überwog wieder die Vorsicht. Zu lange schon ist Shukrula auf der Hut, erwägt und taktiert er. Und je kleiner das vor ihm liegende Stück Weges wird, desto mehr wächst seine Furcht, kurz vor dem Ziel könnte doch noch etwas schiefgehen.

So war es auch vorhin, als er sich in der Nachmittagshitze auf dem Erzsébet-Platz ein wenig ausruhte. Von der Bank aus, auf der er sich niederließ, sah er schräg links den mächtigen Brunnen in der Mitte der Grünanlage mit ihren hohen, alten Bäumen. Rechter Hand brummte der Verkehr auf der breiten Jószef-Attila-Straße.

Ihm brummte der Magen. Seine Vorräte waren aufgebraucht. Und ihm fehlten ungarische Forint um einzukaufen. So blinzelte er in die Sonne, dachte an die folgende Etappe und erwog die Ratschläge seines Cousins, als eine junge Frau mit großem Rucksack von links in seinem Blickfeld auftauchte.

»Ist der Platz hier noch frei?«, fragte sie auf Englisch.

Er nickte.

Sie setzte ihren Rucksack neben der Bank ab, nahm selbst an deren linkem Ende Platz und öffnete eine Seitentasche: ein Messer, drei Tomaten, eine Gurke, Brot und Käse kamen zum Vorschein. Shukrula betrachtete die Banknachbarin aus den Augenwinkeln. Mittelgroß, blonde Locken, nicht so schrecklich dünn wie viele andere europäische Frauen. Sie trug ein T-Shirt mit dem Aufdruck »Don't cry for me«, eine bequeme Baumwollhose, knöchelfreie Söckchen in den Turnschuhen. Er fuhr zusammen.

»Magst Du 'ne Tomate und ein Stück Brot?«, wiederholte die Blonde.

Und wie er mochte! Aber war es richtig, hier mit einer Fremden ins Gespräch zu kommen? Ein ums andere Mal hatte er in den vergangenen Monaten erlebt, dass Unbekannten nicht unbedingt zu trauen war. Sicher, einige hatten ihm weitergeholfen, als ihm Orientierung oder Unterstützung fehlten, und er hatte sich später gefragt, warum sie das getan hatten. Für einen Fremden. Ganz ohne Gegenleistung. Übrigens war auch den scheinbar Bekannten nicht zu trauen. Zwei, drei Mal hatten ihn Landsleute und Bekannte von Bekannten hereingelegt. Er hatte Zeit und Geld verloren. Und nun saß er hungrig auf dem Erzsébet-Platz in Budapest, und auf die einfache Frage, ob er Brot und eine Tomate wolle, schoss ihm all dieses Für und Wider durch den Kopf.

»Ja, danke.«

Er nahm das Angebotene, biss ins Fleisch der roten Frucht, die seine Gastgeberin – welche Verschwendung! – zuvor mit dem lauwarmen Wasser aus einer Anderthalbliterflasche abgespült hatte, kaute danach schweigend das Brot. Je länger du kaust, desto mehr hast du von deinem Bissen. Aryan Shukrula schwieg und kaute sehr lange.

Die Blonde teilte auch ihren Käse und die Gurke. Er war erleichtert, dass sie keine weiteren Fragen stellte. Zwei schweigende Backpacker speisen auf einer Parkbank. Eigentlich unauffällig, also gut. Dennoch erhob er sich nach einer Weile.

»Danke Dir! Ich muss jetzt los.«

»Gern geschehen. Tschüss und gute Reise!«

Er schwang sein Gepäck auf den Rücken, versuchte ein Lächeln. Er kannte die Mutter, die Schwestern und

Cousinen, aber mit Frauen als Frauen hatte er kaum Erfahrung. Schon gar nicht mit solchen in T-Shirt und Turnschuhen, die einem auf der Parkbank Tomaten und Brot anbieten. Jetzt musste er ohnehin sämtliche Energie auf sein Ziel verwenden. Alles, was zählte, war die Ankunft. Vielleicht wäre es schlau gewesen, zu zweit zu reisen? Wie viele Pärchen zogen nicht mit ihren Rucksäcken durch die Welt! Das hätte Aryan Shukrula sich dann wohl früher überlegen müssen.

»Goodbye!«

Er tat kurz, als orientiere er sich, obwohl er sich längst orientiert hatte. Dann ging er. Die nächste Etappe begann an der Bahnstation.

Am Kopfbahnhof *Budapest Keleti* stand der Zug schon bereit. Rasch fand Shukrula den richtigen Waggon, stieg ein, suchte nach dem Abteil. Er zog die Tür bis auf einen Spalt zu, sah sich um, verglich die Nummer auf seinem Ticket mit den Nummern der schmalen Liegen zu beiden Seiten der Aluleiter. Hier unten links, das musste sein Platz sein. Shukrula schob seinen Rucksack ans türseitige Ende der Liege, setzte sich und schloss kurz die Augen. Einmal tief durchatmen. Er ist vor allen anderen im Abteil. Wieder steigt in ihm die Furcht auf, dies könnte sein erster folgenschwerer Fehler sein.

Budapest II

Sie hatte hörbar gemurrt, und insgeheim grollt sie immer noch. Sicher, das Seminar war interessant, die Leute nett, der kleine Fischerort am Novigrader Meer in Kroatien fast charmant. Doch dass die Veranstalter allen Teilnehmern einfach ein Interrail-Ticket geschickt hatten, um sich eine Einzelabrechnung der Reisekosten zu sparen, trieb Johanna Schwarz auf die Palme. Wie viel einfacher, billiger und vor allem schneller hätte sie mit einem günstigen Flug von Berlin nach Zadar kommen können! Stattdessen verbrachte sie einen langen Tag und eine ganze Nacht im Zug – auf der Hin- und auf der Rückfahrt.

Zugegeben, auch der Aufenthalt in Budapest hat ihr gefallen. Sie hatte zuvor vom abstoßenden Kurs der rechtsnationalen Regierung gelesen, auch vom mal mehr verborgenen und mal öffentlich aufflammenden Protest dagegen – und dann weiß man auf Anhieb nie, mit wem man es im Hostel, im Bus, in der Bäckerei zu tun hat: Stehst Du einem Kritiker des Systems gegenüber oder einem Verfechter? Lächelt Dich im Laden ein Verfolgter an oder ein scheißfreundlicher Faschist? Aus ähnlichen Gründen schreckte sie schon länger vor Urlaub an der Ostsee oder in der Sächsischen Schweiz zurück.

Historische Gebäude indes können nichts für die Politik der Gegenwart. Und die Donau würde auch noch sonnenglitzernd durch die Hauptstadt der Magyaren fließen, wenn die finsteren Gesellen längst samt ihren Träumen von Großungarn begraben sein würden. Schwarz wanderte also durch die Stadt, betrachtete Fassaden und entdeckte Hinterhöfe.

Von den wilden Gartenkneipen in den Höfen leerstehender Häuser hatte András ihr vorgeschwärmt, ein gebürtiger Budapester und – wie sie – Teilnehmer des internationalen Seminars über »Neue Ansätze der Multikulturalität in Europa«. Auch vom Kulturzentrum *Transit* in einem ehemaligen Busbahnhof hatte er erzählt, vom legendären *Café Central*, von Antiquariaten und der Architektur. Gern hätte András der Deutschen seine Vaterstadt gezeigt, doch reiste er nach dem Seminar in Kroatien – dank des Interrail-Tickets der Veranstalter – nach Albanien und Griechenland weiter, alte Freunde in Tirana und Thessaloniki besuchen. So erkundete sie die Stadt auf eigene Faust, ließ sich treiben, bewunderte hier ein verwittertes Detail, dort einen Ausblick auf die Donau. Im Park auf dem Szabadság-Platz schaute sie Kindern beim Spielen zu, was ihr Freude machte und zugleich einen kleinen Stich versetzte – während die Freundinnen reihum Nachwuchs bekamen und sich in stundenlangen Windeldebatten über den richtigen Brei oder die beste Betreuung austauschten, war ihr eigener Kinderwunsch bislang unerfüllt geblieben. Und nach der Trennung von Bert sieht es kaum danach aus, als ob sich daran in näherer Zukunft etwas ändern würde.

Trotzdem bereut Johanna ihren Schritt nicht. Eigentlich hat sie die Sache zu lange treiben lassen. Die Entscheidung, einen Schlussstrich zu ziehen, war ihr dennoch schwergefallen. Nach all den Jahren gibt es doch so viel Gemeinsames. Viel Vertrautes warf sie über Bord, manche Sicherheit. Schöne Erlebnisse reichten mit einem Mal nicht mehr bis in die Gegenwart, sondern wurden zu Erinnerungen.
Das Seminar in Novigrad war gerade zum rechten Zeitpunkt gekommen, um alles mit einigem Abstand nochmals zu durchdenken. Ja, er hatte sie mit zärtlichen Worten bedacht, hatte sie unterstützt und ihre Wünsche zu erraten versucht. Aber war er dabei er selbst geblieben? War er noch der kritische, gradlinige, entschiedene Mann, in den sie sich als junge Studentin verliebt hatte? Irgendwann war stets »das Ministerium« vorgegangen, war »in der Abteilung« noch Wichtiges abzuarbeiten, wollte »der Minister« übers Wochenende etwas erledigt haben. Anfangs hatte sie ihn bei seiner Arbeit unterstützt, hatte sogar Vorschläge gemacht, wenn es um Themen wie Asylrecht und Ausländer ging, die ihr besonders am Herzen lagen. Bert seinerseits versicherte stets, er arbeite für eine »gute Sache«, versuche, fortschrittliche Ideen in die Vorlagen einzubauen und Erleichterungen für die Betroffenen zu erreichen. Doch mit den Jahren wuchsen Johannas Zweifel, ob dem wirklich so war. Im Grunde war er doch Teil einer Politik, die sie als verlogen ablehnte. Und weil sie die Dinge ganzheitlich betrachtete, wirkten sich solche Überlegungen auch auf das vermeintlich Private aus.

Eins kam zum anderen, und Anfang des Sommers hatte Johanna ihre siebzig Sachen gepackt und ein WG-Zimmer auf der *Roten Insel* bezogen. Ein Rückschritt vielleicht in Sachen Lebenskomfort, aber nicht unbedingt in persönlicher Freiheit und Lebensqualität. Sie lief mit ihren Inlinern übers Tempelhofer Feld oder setzte sich mit einem Buch in den Biergarten, bevor sie Mitte August ins dreiwöchige Seminar an der kroatischen Küste verschwand. Andere Leute, andere Gedanken.
Nun geht es also zurück. Nach Hause?

Paris

Seine Finger fahren über das saubere Laken, befühlen beidseitig die dicht gewebte Baumwolle. Glatt fühlt sich der Stoff an und wie gestärkt. Grebbe erinnert sich, wie er, der kleine Norbert, an der Hand seiner Mutter regelmäßig zur Heißmangel ging, um die Pakete mit frisch geplätteter Bettwäsche abzuholen. Breite Rollen walzten dort die Betttücher platt, bevor Frauen in hellblauen Kitteln sie akkurat zusammenlegten. Über allem hing ein heißer Dampf, dessen Geruch er noch heute, Jahrzehnte später, mit der Vorstellung von penibler Sauberkeit verbindet. Am besten, so scheint es ihm, schlief er als kleiner Junge immer dann, wenn seine Mutter ihm das Bett frisch bezogen hatte. Ob es solche Heißmangeln mit ihren breiten, abgewetzten Ladentheken noch gibt? Hanna hatte die gemeinsame Bettwäsche gebügelt. Oh, schon wieder Hanna.

Wann wird das aufhören? Wie passt das zum guten Ende? Hanna hatte die Beziehung für beendet erklärt, aber gut fühlte er sich damit keineswegs. Kann sie tatsächlich zu Ende sein, wenn ihm eine schlüssige Erklärung fehlt? Wenn ihn der Gedanke an Hanna auch Monate nach ihrer als endgültig bezeichneten Entscheidung immer wieder überfällt, jetzt zum Beispiel, als er Computertasche und Rollkoffer im Abteil ab-

stellt, die braunen Schuhe auszieht und sich auf dem bequemen Bett ausstreckt?
Geradezu ängstlich hatte er sie in der letzten gemeinsamen Zeit beobachtet, hatte Zeichen zu deuten versucht, um ihr ja alles recht zu machen. Vielleicht war das der entscheidende Fehler gewesen, denkt Norbert im Nachhinein.
»Mach doch, was Du für richtig hältst!«, hat sie ihm gesagt.
»Ich will doch nur, dass es Dir gut geht«, hat er geantwortet. Das war wohl dumm gewesen. Nur wer sich selbst mag, wird seinem Gegenüber liebenswert erscheinen. Außerdem hat er insgeheim doch immer wieder selbst entschieden, was ihr gut tun müsse. Und hat ihre anderslautenden Wünsche oft abgeblockt. Eine Reise mit dem Zug in den Iran? Eine Wohnung in Neapel? Eine Auszeit? Muss das sein? Musste wohl schiefgehen. Dazu kamen die politischen Diskussionen, die er mit den Jahren zunehmend als nervig empfand. Hatte er ihre nächtlichen Debatten am Küchentisch etwa nicht ernst genommen? Hannas Einwände waren ihm einst ebenso wichtig gewesen wie die Vorgaben des Staatssekretärs. Bekam er einen Textentwurf zur Migration in der EU auf den Tisch, dann ging der nie – nie! – ohne jenen Satz wieder raus, den er vor Jahren nach einer Diskussion mit Hanna formuliert und im Ministerium durchgesetzt hatte: »Der Ministerrat betont die Notwendigkeit einer Verbesserung der Lebensumstände der Menschen in den Herkunftsländern und setzt sich mit Nachdruck für deren nachhaltige wirtschaftliche und gesellschaftliche Entwicklung ein.«

Ja, Mensch, da war endlich – endlich! – der Zusammenhang zwischen den sozialen Problemen der armen Länder und der Migration nach Europa sozusagen amtlich anerkannt. Da sprachen die EU-Minister, die sich sonst auf Grenzschutz und Abschiebung konzentrierten, offiziell von einer Notwendigkeit der Veränderung. Und sogar nachhaltig sollte die sein.

»Nachhaltigkeit – das ist doch ein Modewort«, bekam Grebbe später vorgehalten.

Und dass sich in der Praxis wenig, eigentlich nichts änderte – ja, war das seine Schuld? Entwicklungshilfe fällt schließlich in die Zuständigkeit der Entwicklungshilfeminister. Er arbeitet im Innenministerium. Und das entscheidet nunmal nicht darüber, ob das Geld weiter in enorme Prestigeprojekte fließt, die westlichen Baufirmen satte Gewinne und dortigen Machthabern ein gut gefülltes Schweizer Konto garantieren, oder ob stattdessen Kleinkredite die bäuerliche Landwirtschaft und erneuerbare Energiegewinnung fördern.

Der europäische Innenministerrat – also genau genommen er, Norbert Grebbe – hat sich nachdrücklich ein ums andere Mal für eine »nachhaltige wirtschaftliche und gesellschaftliche Entwicklung« in der Welt ausgesprochen. Was könnte er mehr tun? Soll er etwa in die Sahara reisen und dort eigenhändig Bäume pflanzen?

Ein Ruck geht durch den Zug. Grebbe schaut aus dem Fenster. Die Waggons haben sich in Bewegung gesetzt. Langsam verlassen sie die Halle des Pariser Ostbahnhofs. Morgen früh sollen sie Berlin erreichen.

Budapest

»Ich verstehe nicht – Du verkaufst kleine, alte Bäume, die nicht mehr weiterwachsen? Und dafür bist Du aus Japan hierher gekommen?«, fragt Aryan Shukrula.
»Ja, genau«, erwidert der Mitreisende, der die Liege über Shukrulas Platz belegt hat. Der junge Mann schlägt erneut die dicke Mappe auf, die er aus seinem Gepäck gezogen hatte. In Plastikfolien sauber abgeheftet, präsentiert dieser Katalog seine Angebote mit Bildern, Maßen, Preisen.
Shukrula schüttelt verwundert den Kopf. Für einen großen Baum wäre man in seiner Heimat sicher bereit, eine gewisse Summe zu zahlen. Wenn er denn Früchte trüge, als Brenn- oder Bauholz taugte. Aber für diese Zwerge?
»Bonsai«, ruft der Japaner aus, »Bonsai!« Er sei jetzt auf dem Weg nach Polen und ins Baltikum, um seinem Auftraggeber neue Märkte zu erschließen.
Unruhig hat Shukrula darauf gewartet, wer wohl mit ihm im Abteil reisen würde. Der Bonsai-Werber kam als Erster herein, gefolgt von zwei Ungarn, die sich kurz als Ärztepaar mit Job in Dresden vorstellten und über die Aluleiter auf die beiden oberen Liegen kletterten.
Wenn es sich – wie hier – gar nicht vermeiden lässt, gibt Shukrula sich als indischer Austauschstudent auf Eu-

ropatrip aus. Das ist ein wenig problematisch, denn er weiß von Indien kaum mehr, als man in einem Erdkundebuch für die achte Klasse erfährt. Also praktisch nichts. Und wenn sich dann ein Gespräch über Indien entspinnt, er gar Fragen beantworten soll, kann es echt schwierig werden. Aber Shukrula trägt nunmal einen indischen Reisepass bei sich und diesen Pass ziert ein wertvolles Schengen-Visum. Die Mitreisenden im Liegewagenabteil nach Berlin haben zum Glück nicht nach den Verhältnissen in Indien gefragt.
»Was studierst Du denn?«
»Bauingenieurwesen.«
Diese Antwort ist langweilig genug, um jedes aufkeimende Interesse zu ersticken. Dabei findet Shukrula das Baugeschäft – Hochbau wie Tiefbau – eigentlich spannend. Was ist nicht alles möglich mit einer kühnen Idee, einem geschickten Entwurf, wenn das richtige Knowhow und geeignetes Material dazukommen! Die nötigen Bauarbeiter finden sich immer. Er hat ja selbst auf griechischen Baustellen noch kürzlich Zementsäcke geschleppt und Schubkarren gefahren.
Das Studium, das er nennt, ist bloß ein Traum. Einer, der vielleicht nie in Erfüllung gehen wird. Aber Bauingenieur zu werden, Wege zu bahnen, wo Wüste ist, Obdach zu schaffen, wo Ruinen stehen, das würde Aryan Shukrula schon gefallen.
Er legt sich auf seine Liege. Nicht zum Träumen, womöglich nicht einmal um zu schlafen. Sondern um anzukommen. Um einen Ort zu erreichen, wo nicht extreme Vorsicht jeden seiner Schritte lenkt. Ein Land, wo er sich nicht grau in grau der Masse anpassen muss,

um nur ja nicht aufzufallen. Dänemark sei so ein Land, hat sein Cousin Asif ihm erzählt.
»Komm nach Kopenhagen!«
Andere wollen nach London, nach Schweden oder nach Amerika. Der Cousin war mit Sandalen an den Füßen und einem Fetzen auf dem Kopf nach Dänemark aufgebrochen. Oder zumindest dort gelandet. Er entdeckte eine Leidenschaft für Volleyball und, soviel war sicher, tauchte eines Tages unvermittelt mit Sportschuhen an den Füßen und einer Baseballkappe auf dem Kopf wieder bei der Familie auf. Erzählte viel. Betrachtete manchmal schweigend die Kinder der Onkel und Tanten. Fuhr ihnen mit der Hand übers Haar. Und verschwand nach einiger Zeit erneut. Meldete sich Monate später:
»Ich bin in Kopenhagen! Ich spiele wieder Volleyball. Komm doch auch!«
Wie beim ersten Mal sei er über Köln und Hamburg nach Dänemark gereist. Habe in Kopenhagen alte Freunde wieder getroffen.
Bei alldem blieb das Ungesagte. Aryan hatte bei Asifs Heimatbesuch nicht erfahren, weshalb der Cousin nach fünf Jahren in der Fremde plötzlich wieder zurückkehrte. Warum die Dänen ihn via Moskau nach Kabul abgeschoben hatten. »Sie haben gesagt, sie glauben mir meine Geschichte nicht«, sagte Asif nur. Fügte noch hinzu, dass er dennoch wieder nach Kopenhagen wolle. Dort kenne er jetzt die Sprache und Kultur. Dort habe er auch einen Anwalt.
Aryan wunderte sich. Wie konnte es wohl sein, dass jenes ferne Land, das angeblich so frei, so reich, so

großzügig, so vielfältig und voller Möglichkeiten war, dass dieses Dänemark seinen hoffnungsvollen und lernbegierigen Vetter Asif nicht hatte behalten wollen? Was hatte er dort verbrochen? Er hatte beiläufig einige Jobs erwähnt in Küchen, im Hafen, in kleinen Lebensmittelfirmen. Aber die genauen Gründe seiner Rückkehr blieben im Dunkeln.
Aryan verkniff sich genauere Fragen, als er merkte, dass der Cousin auswich. Bei anderen war es ähnlich. Wer weggeht, erzählt daheim gern stolz von seinen Erfolgen. Warum jemand sich wochen- oder monatelang nicht meldet, warum jemand kaum von Arbeit und Wohnung und Nachbarn berichtet, weshalb ein Auswanderer in der Fremde weder ein Studium beginnt noch eine Familie gründet – all das dürfen sich die Daheimgebliebenen denken. Selten hören sie die wahren Gründe.
Vieles bleibt im Ungefähren. So, wie vieles auf Aryans Reise lange unbestimmt und nebulös bleibt. Du hast ein Ziel, das schon. Ein Ticket aber hast Du nicht und einen genauen Plan ebenso wenig. Du sammelst Informationen, bekommst hier einen Tipp und ergreifst dort eine Gelegenheit. Wie Du das Ziel erreichen kannst, klärt sich allenfalls von Tag zu Tag.
Nun liegt Aryan Shukrula im Nachtzug von Budapest nach Berlin, die Füße an der Gangseite, den Kopf in der dunklen Ecke neben dem Fenster. Die beiden Plätze unten und mittig gegenüber sind bislang frei geblieben, obwohl die Zettel an der Tür fünf Reservierungen für das Abteil anzeigen. Vier Menschen auf engstem Raum, einer mit pochendem Herzen. Dass

sie losfahren, bemerkt er erst, als sich hinter dem Vorhang die Beleuchtung auf dem Bahnsteig zu bewegen beginnt.

Dann öffnet sich die Abteiltür.

Abend

Wir sind Söhne und Töchter, Väter und Mütter. Vater des Gedankens, Mutter der Sprache – Gedanken des Vaters, Sprüche der Mutter: Unsere Kinder sollen es einmal besser haben als wir. Etwas Besseres als den Tod finden wir – fast – überall. In Bremen gibt's Kartoffeldöner.
Wir wollen essen und trinken. Wir sind lebenshungrig und wissensdurstig. Wir sind keine Bittsteller. Wir sind bereit, jede Art von Arbeit zu übernehmen.
Zu überleben. Leben, wohnen, essen, trinken, träumen. Ein Häuschen im Grünen mit zwei Kinderzimmern, eins rosa gestrichen und eins hellblau. Ein Auto in der Garage, möglichst ein Mercedes. Wir möchten das Mögliche. Wer findet das unmöglich?
Wir sind keine Masse, nicht mal eine Menge und schon gar keine Flut. Wir sind Millionen Individuen, Individualisten, Egoisten vielleicht. Jeder mit seinen Vorstellungen, seinen Vorlieben, seinen Träumen. Jeder sucht seinen Weg. Wir wandern und sind keine Urlauber.
Unser Frühling wird Sommer.
Wir waren ohne Zukunft. Eines Tages sind wir aufgestanden. Wir sind aufgebrochen. Wir sind schon lange unterwegs. Wer weiß, was uns erwartet. Wir sind jetzt in der Fremde, wir sind auf der Flucht.

Vác

Für ihre letzten Forint vor der Abfahrt etwas Proviant zu kaufen, gestaltet sich schwieriger als gedacht. Beim Kauf von drei Stück Blechkuchen gebe es satten Rabatt, bedeutet ihr die Verkäuferin. Johanna Schwarz gibt sich alle Mühe, ihr klar zu machen, dass zwei Stücke schon mehr als genug seien. Außerdem will sie vom Rest ihres Geldes noch Obst kaufen. »An apple a day« undsoweiter. Der Obsthändler am Bahnhof lehnt dann ihre überzähligen Münzen ab und rundet seinerseits mit der Dreingabe zweier Aprikosen auf. Akzeptiert.
Über dieses Hin und Her ist die Zeit etwas knapp geworden. Vielleicht hätte sie im Park gleich aufstehen und losgehen sollen, als ihr schweigsamer Banknachbar sich verabschiedete, denkt Johanna. Hübscher Kerl übrigens. Hat mit einem Appetit und einer Hingabe gegessen, als habe er seit Tagen nichts mehr zwischen den Zähnen gehabt. Schlau wurde sie nicht aus ihm. Wie auch, wenn sich die Unterhaltung auf zehn, zwölf Worte beschränkt. Egal. Jetzt gilt es, den Zug zu bekommen.
Ihr Blick wandert zur Uhr, fällt auf die Anzeigetafel. Noch knapp zwei Minuten bis zur Abfahrt. Dort steht schon der Schaffner mit der kleinen Kelle in der Hand. Jetzt kein Risiko aus Bequemlichkeit eingehen!

Johanna entert den Waggon, der als erster vor dem Querbahnsteig steht. Ihren Platz suchen kann sie auch drinnen. Mist, gleich an der ersten Tür verhakt sich ihr Rucksack.
Dummerweise scheint der Liegewagen mit ihrem Abteil weiter vorne zu hängen. Wie so oft in den internationalen Fernzügen dauert es eine Weile, bis sich alle Fahrgäste sortiert, ihren Platz gefunden, ihr Gepäck verstaut haben. Koffer blockieren die Gänge, ein Kleinkind brüllt. Im feinen Schlafwagen geht es etwas flotter voran; dort haben die Reisenden rasch die Türen ihrer Kabinen geschlossen, genießen die ungestörte Privatheit oder stehen schon unter der Dusche. In den anderen Waggons aber hört und sagt Schwarz mehr als einmal »sorry«, bis sie sich zu ihrer Abteiltür durchgekämpft hat. Da nähert sich der Euronight 476 namens *Metropol* schon dem Städtchen Vác am linken Donauufer, dem letzten und neben der Hauptstadt einzigen Halt des Zuges auf ungarischem Boden.
Hier muss es sein. Sie zieht die Tür auf.
»Sorry!«
Die Deckenbeleuchtung ist ausgeschaltet. Auf der mittleren Liege links hat ein junger Bursche fernöstlichen Aussehens die Leselampe noch an, oben flüstern ein Mann und eine Frau im Halbdunkel in einer Johanna unverständlichen Sprache – wohl Ungarisch – miteinander, unter dem Japaner oder Koreaner – sie hat manchmal Mühe, diese Asiaten zu unterscheiden – liegt jemand mit dem Kopf zur Fensterseite und schläft oder stellt sich schlafend. Rechts unten ist ihr Platz.

Sie wuchtet ihren Rucksack auf ein freies Fleckchen vorm Fenster, setzt sich auf ihre Liege und zieht die Schuhe aus. Öffnet die Tüte aus der Bäckerei, isst ein halbes Stück Mohnkuchen. Spült mit drei Schlucken aus der großen Wasserflasche nach.

Heute ist Donnerstag. Am Montag wird sie wieder im Jüdischen Museum ihre museumspädagogische Arbeit machen. Tags darauf, das weiß sie schon, wird sie Schüler aus Westdeutschland durch die Ausstellung führen.

»Hol die Besucher immer in ihrer vertrauten Welt ab«, hat Thomas ihr geraten, als er sie im vergangenen Jahr auf die neue Aufgabe vorbereitete. »Knüpf an etwas an, was sie kennen.« Dann hatte er sie mitgenommen, als er eine Schulklasse aus dem Emsland durch das Haus begleitete, und sie hatte unmittelbar verstanden, was er meinte mit dem »Abholen«.

Thomas blieb mit den Schülern im Libeskind-Bau des Museums dort stehen, wo sich die sogenannten Achsen treffen: die Achse des Holocaust, die Achse des Exils und die Achse der Kontinuität. Schon der Ort regt die Vorstellungskraft der jungen Besucher an. Dann fragte er sie nach historischen und sozialen Besonderheiten im Emsland. »Wie war das dort mit den jüdischen Viehhändlern in der Nazizeit? Warum sind die nicht weggegangen?« Und er begann zu erklären. Die Schüler waren gefangen. Und Johanna war fasziniert, wie der scheinbar simple pädagogische Trick funktionierte. Das Erlebnis bestärkte sie in der Wahl des neuen Jobs, zu der Bert ihr zwar geraten, sie dann aber – so schien es ihr – mit einem leicht ironischen Lächeln kommentiert hatte. »Ausgerechnet« im Jüdi-

schen Museum war sie gelandet. Wieso »ausgerechnet«? Weil sie in ihrer Beziehung immer die Gutmenschenrolle innehatte? Und warum denn nicht? Sollte sie auf eine Stelle verzichten, die ihr gut erschien und sinnvolle Arbeit versprach?
Was konnte falsch daran sein, das nach eigener Überzeugung Richtige zu tun? Dass nicht alles schwarz oder weiß war, auch eine solche Arbeit ihre Enttäuschungen oder gar Frustrationen mit sich brachte, hatte sie gerade wieder von anderen Teilnehmern des Multikulti-Seminars in Kroatien gehört. Und trotzdem war es gut gewesen, sich in anderer Umgebung neue Ideen zu holen und frische Motivation zu tanken. Die Gruppe, 14 Leute aus zwölf Ländern, war wirklich sympathisch, denkt Johanna, als sich unvermittelt die Abteiltür öffnet.
»Die Fahrausweise, bitte!«
Sie knipst die Leselampe an und zieht ihr Interrail-Ticket samt Liegewagenkarte zwischen den Papieren in der Seitentasche ihrer Hose hervor. Vier Hände strecken dem Schaffner die Fahrkarten entgegen – der Typ oben reicht auch den Fahrschein seiner Begleiterin herunter. Als der erwachte Schläfer unten links sich vorbeugt, fällt ein Lichtschein auf sein Gesicht – Johanna erkennt ihren Brotzeit-Genossen von der Bank im Erzsébet-Park wieder. Er hat also tatsächlich losgemusst, um seinen Zug zu bekommen. Sie lächelt unwillkürlich, nickt ihm zu. Auch er nickt einen kurzen Gruß des Wiedererkennens, bleibt aber ernst und scheint nicht überrascht. Hat wohl doch nicht fest geschlafen. Hat sie wohl schon beobachtet.

Metz

Mit einem Seufzen legt er die Dokumente in ihre Mappe zurück. Dass er einen guten Roman auf Dienstreisen mitnahm, ist schon lange vorbei. Die Arbeit frisst ihn zwar nicht auf, lässt ihn aber auch nicht los. Zur Vor- und Nachbereitung schaut er doch in die Dokumente. Ein Buch wäre da nur Ballast.
Früher hat er sich mehr Zeit zum Lesen genommen, gerade auf solchen Fahrten. Er mag die dicken Schmöker, wo der Leser auch nach vier- oder fünfhundert Seiten noch mitfiebert und am Ende bedauert, dass die Geschichte nicht weitergeht. Dafür ist die Reise im Schlafwagen eigentlich ideal: Du steigst gegen acht Uhr abends ein, hast vorher noch eine Kleinigkeit gegessen, machst es dir im Abteil gemütlich, schlägst deine Lektüre auf, und während die Räder mit eintönigem Ta-tamm über Weichen und Schienenstöße trommeln, tauchst du ab in eine andere Welt.
Ta-tamm, ta-tamm.
Vorbei. Für Norbert Grebbe gehören diese fast magischen Momente nicht allein wegen des Aktenstudiums der Vergangenheit an. Auch die Nachtzugverbindungen, die er dem unbequemen Fliegen mit seinen nervigen Wartezeiten in unruhigen Shoppingzonen oder zugigen Abflughallen nach wie vor vorzieht, werden

immer weniger. Sein Zug hat jetzt Fahrt aufgenommen auf der Strecke nach Metz, kaum spürbar schwingt der komfortabel gedämpfte Waggon auf dem Gleis hin und her. Diese Fahrt dürfte allerdings seine letzte sein mit dem City Night Line 451 namens *Perseus*. Der griechische Held hat demnächst ausgedient. Der Kurswagen nach Moskau, der vor einigen Jahren noch hinter der Lokomotive hing, ist bereits Eisenbahngeschichte. Ta-tamm, ta-tamm.

Doch Paris-Berlin im Schlaf ist an diesem Donnerstag im September noch möglich. Und Grebbe gönnt sich den kleinen Luxus der Entschleunigung, solange es geht. Vom Hauptbahnhof ist er dann in ein paar Minuten im Ministerium. Sonst könnte er auch an der Endstation direkt in den 248er Bus steigen, der ihn gute zehn Minuten später praktisch vor seiner Kreuzberger Haustür absetzt.

Zur nächsten Abstimmung mit seinen französischen Kollegen wird er dann wohl fliegen müssen. Nötig sind diese persönlichen Treffen in der Epoche von Internet und Videokonferenzen nach wie vor. Erst im direkten Kontakt – bei den Franzosen, deckungsgleich mit dem Klischee, am besten während eines ausführlichen Essens – sind jene Andeutungen und Zwischentöne möglich, die bei den Partnern Verständnis für die jeweilige Position und vor allem für ein manchmal politisch gewünschtes Umsteuern schaffen.

Und die jüngste, nun ja: Kehrtwende ist in der Tat erklärungsbedürftig.

»Es stimmt, die Bundesinnenminister haben auf EU-Ebene jahrelang für Dublin gekämpft«, hatte Grebbe seinen beiden Praktikantinnen vergangene Woche noch erläutert. Und als eine der beiden – es schien ihm die hübschere zu sein – fragend schaute, holte er mit unüblicher Freundlichkeit noch ein bisschen weiter aus.

»Dublin-Verordnung heißt die Regelung, wonach immer jenes Mitgliedsland sich um einen Asylbewerber kümmern muss, in dem dieser zuerst registriert wird. Das haben die Minister seinerzeit bei einem Treffen in der irischen Hauptstadt beschlossen, daher der Name. Unser Kalkül ging zunächst auf: Deutschland ist ja seit dem Beitritt der osteuropäischen Länder nur noch von EU-Staaten und der Schweiz umgeben. Wer über Land oder über See kommt, erreicht europäischen Boden also stets zuerst in einem anderen Land – und muss dann auch dort seinen Antrag stellen.«

Jetzt nickten beide Zuhörerinnen.

»Unser Minister hielt an der Regel eisern fest, obwohl sein Vorgänger anderer politischer Couleur war«, fuhr Grebbe fort.

»Aber jetzt soll das geändert werden?«, fragte die hellere der beiden Frauen.

»Genau. Seit immer mehr Menschen aus Syrien und dem Irak, aus Mali und dem Sudan, aus Eritrea und Afghanistan nach Europa drängen, begann ein Jammern und Klagen in Italien, Griechenland, Spanien und anderen Ländern mit EU-Außengrenzen. Deutschland hat im Ministerrat bisher stets darauf bestanden, dass alle Partner ihre Verpflichtungen aus der Dublin-Verordnung erfüllen.«

Es lag Grebbe auf der Zunge, vom treuherzigen Lächeln des Bedauerns zu erzählen, mit dem der Chef die Forderungen seiner Amtskollegen eiskalt abbügelte. Man habe, betonte der schlaue Fuchs, Dublin gemeinsam beschlossen und müsse die Verordnung nun auch gemeinsam einhalten. Und Deutschland werde diesen Regeln gemäß alle weitergereisten Asylbewerber in jene EU-Länder zurückschicken, in denen die Flüchtlinge erstmals Schutz beantragt hätten. Es wäre eine nette Pointe gewesen zu erwähnen, dass manche Kollegen den Minister bald nur noch »den Abschieble« nannten. Doch so sicher war sich Grebbe der beiden Studentinnen nicht. Wer weiß, wo die geplaudert hätten. Besser blieb er bei der offiziellen Linie.

»Und warum denkt man jetzt an eine Änderung?«, fragte die Praktikantin, die zunächst verständnislos geschaut hatte. Sie schien sich für die Sache zu interessieren.

»Deutschland erkennt die Not der Mitgliedstaaten am Mittelmeer an und will helfen, sie zu lindern. Wir wollen deshalb bei der nächsten Tagung des Ministerrats einen konstruktiven Vorschlag zur Veränderung der Regeln auf den Tisch legen, zu dessen Abstimmung ich schon in den nächsten Tagen die Kollegen in Paris sehen werde.«

Seine Zuhörerinnen fragten nicht weiter nach. Norbert Grebbe blieb ein gewisser Zweifel, ob sie seine Erklärung für ausreichend hielten. Schließlich studierten die beiden Politik und müssten längst begriffen haben, dass die wahren Motive politischen Handelns sich oftmals von den öffentlichen Begründungen unterschieden. Egal.

Ta-tamm.
In Paris wurde es dann ernst – und schwieriger. Jahrelang hatte Berlin seine Linie verteidigt, auch wenn Grebbe ahnte, dass die nicht ewig durchzuhalten sein würde. Und nun war es soweit – früher als erwartet und anders als vermutet. Valérie, die Asyl-Fachfrau im französischen Innenministerium, riss ihre hübschen blauen Augen erstaunt auf, als er den Kollegen im *Hôtel de Beauvau* die neuen Vorschläge seiner Regierung vortrug.

Štúrovo

Was ist davon nun zu halten? Als der *Metropol* die Donaumetropole verlässt und in der Dämmerung gen Norden rollt, atmet Aryan Shukrula zunächst einmal auf. Der Zug bewegt sich wieder, es geht voran. Gegessen hat er auch. Letztlich war es eine glückliche Fügung, dass diese Blonde sich neben ihn auf die Parkbank setzte und Brot und Tomaten anbot. Das war unverhofft, aber willkommen. Und kurz darauf im Zug widerfährt ihm das völlig Unerwartete.

Schlaflos liegt Shukrula da auf seiner Liege und erinnert sich an die Überraschungen, gute wie böse, die er auf seiner Reise erlebt hat. Die größte, umwerfendste war wohl der Anblick des Meeres. Diese schier unendliche Menge Wasser! Glitzernd in der Abendsonne, dazu ein leicht salziger Geruch in der Luft – dieser Eindruck übersteigt wohl die Vorstellungskraft eines jeden Menschen, der nicht schon selbst am Ufer gestanden hat.

Natürlich war Aryan sich bewusst, dass er bei dieser Reise ins Ungewisse immer wieder auf Unerwartetes treffen würde. Es war vielleicht auch besser loszuziehen, ohne eine allzu präzise Vorstellung von dem zu haben, was er auf seinem Weg sehen, hören, fühlen, schmecken, riechen würde. Manchmal, wie hier beim

Anblick der See, war der erste Eindruck dann überwältigend schön.
Selbstverständlich wusste er von der Existenz der Ozeane. In seinem Dorf gibt es Fernsehen, das die Welt auch in diesen nordwestlichen Winkel Afghanistans bringt, und in einem staubigen Internetcafé der Provinzstadt Balch surfte er bisweilen am Computer. Doch das ganze Land hat kein Gewässer, das auch nur an die Donau bei Budapest heranreichen würde. Und was käme dem Meer gleich? Der nächtliche Sternenhimmel vielleicht, die Wüste oder die Gipfel des Hindukusch – sie alle weniger bewegt und wägbarer als das feuchte Element in seiner überwältigenden Menge. So stieg er an der türkischen Küste aus dem Laderaum eines Lastwagens und schaute auf das Mittelmeer: die Weite, die Wellen, dieses schier unendliche Nass – es verschlug ihm den Atem. Viel Zeit blieb nicht, diesen Anblick zu genießen.
»Schnell, schnell!«, riefen die Männer, die ihm das Geld für diesen Teil der Reise abgeknöpft hatten. Eilig bestiegen er und 34 andere das kleine Boot, das am Strand lag. Afghanen, Iraker, Syrer waren sie. Junge Männer zumeist, aber auch zwei Familien und drei Paare kamen an Bord, eine junge Frau hochschwanger. 35 Menschen auf dieser Schaluppe mit Außenborder, für den die Schlepper einen Kanister mit Benzin über die Bordwand hoben. Für die Menschen gab es einen eingeschweißten Sixpack türkischer Mineralwasserflaschen. Dann starteten sie den Motor.
»Fahrt los! Seht ihr das Licht dort in der Ferne? Das ist Griechenland. Haltet einfach immer darauf zu! In drei Stunden seid ihr am Ziel!«

30 Erwachsene, fünf kleine Kinder und ein ungeborenes, sechs Flaschen Wasser, zwei Eimer zum Ausschöpfen des Bootes, ein Kanister Sprit für den Außenborder. Hat jemand protestiert? Aryan Shukrula erinnert sich an ein Murmeln, vielleicht ein Murren. Hatte jemand Angst? Viele von ihnen hatten, wie er, nie zuvor das Meer gesehen. Die meisten konnten nicht schwimmen. Sie konnten unmöglich einschätzen, was sie erwartete – den Wind, die Strömung, die Seetüchtigkeit ihres Gefährts, die Reichweite des Treibstoffs. Sie hatten Angst vor der Überfahrt.

Noch mehr fürchteten sie, dass alles umsonst gewesen sein könnte. Dass sie alles verkauft, alles zurückgelassen, Tausende Dollar bezahlt, der Familie spätere Unterstützung versprochen hatten, um dann an der türkischen Ägäisküste zu stranden. Keiner der 35 blieb an Land zurück. Und alle 35 hatten unglaubliches Glück. Die Nacht war nicht stürmisch, aber in der Dämmerung war ein frischer Wind aufgekommen. Wellen schlugen gegen die Bordwand, das Boot rollte. Hätte Aryan seinen Hunger während der dreitägigen Fahrt an die Küste normal stillen können, er würde sich jetzt die Seele aus dem Leib gekotzt haben. Aber sein Magen war leer. Die Mütter drückten ihre Kinder an sich. Zwei Iraker schöpften Wasser, das ins Boot gelaufen war, wie die Weltmeister ins Meer zurück. Und die Pinne des Außenborders hielt ein junger Kurde im Griff, der in einem früheren Leben tatsächlich schon einmal ein Boot gesteuert hatte.

Keiner schaute zurück, denn eine Umkehr gab es für sie nicht. Der junge Steuermann starrte unentwegt auf

die Lichter von Agia Marina, Leros, Griechenland, Europa. Wohl ihm hatten die 35 es zu verdanken, dass die Strömung ihr Boot nicht davonriss und sie lebend die Insel erreichten.
An diese Überfahrt vor sieben Monaten denkt Shukrula zurück, als der Euronight 476 sich dem slowakischen Grenzort Štúrovo nähert. Der Anblick des Meeres scheint ihm jetzt weniger eine Überraschung als ein Wunder gewesen zu sein.
Immer wieder wundert er sich auch über sich selbst. Dass er tatsächlich aufgebrochen ist, erscheint ihm keine Selbstverständlichkeit. Was braucht es, um zu gehen? Warum wagt der eine, was andere möglichst meiden? Hätte er nicht einfach bleiben können? Nein, denkt er, so hätte es nicht weitergehen können. Sein Entschluss, die Heimat zu verlassen, war näher betrachtet längst überfällig gewesen.
Wirklich erstaunt ist er, als vor dem ersten Halt vorhin in Vác die Tür aufgeht und plötzlich die Blonde aus dem Erzsébet-Park im Abteil steht. Er fragt sich, ob dieses zweimalige Zusammentreffen wohl ein Zufall sein kann und was es möglicherweise zu bedeuten hat.

Nové Zámky

Der Schaffner begutachtet die Tickets, dreht sie mit der geübten Geste des Fahrkartenkontrolleurs um und knipst sie ab, ohne Beanstandung.

»Gute Nacht!«

Als er die Tür wieder geschlossen hat, streckt Johanna Schwarz sich als letzte im Abteil auf ihrer Liege aus. Auf der Hinreise hat sie es vorgezogen, mit dem Kopf zur Tür zu liegen. Man kommt schneller raus, wenn es sein muss, kann den Rucksack etwas sicherer am Fußende verstauen. Entgegen dieser Überlegung entscheidet sie sich jetzt, den Kopf auf der Fensterseite zu betten. Vielleicht lässt sich der Banknachbar vom Nachmittag doch in ein Gespräch verwickeln. Sie hält ihm die geöffnete Kuchentüte hin.

»Möchtest Du noch was?«, fragt sie und grinst fast komplizenhaft. Ihre Augen haben sich an das Dämmerlicht gewöhnt und sie erkennt, wie auch er grinsen muss.

»Ja, danke.«

»Wohin fährst Du?«

»Nach Norden.«

So kann nur jemand antworten, der aus dem Süden kommt.

»Ich fahre nach Berlin. Willst Du dort auch hin?«

»Vielleicht, mal sehen.«
Kuriose Antwort, findet sie. Hat der Typ ein Problem? Hat er was zu verbergen? Der typische Backpacker ist jedenfalls anders drauf. Aber neugierig ist sie schon.
»Ich wohne in Berlin und kenn 'ne Menge Leute dort. Falls Du Tipps brauchst oder 'ne Unterkunft, dann sag' Bescheid.«
Sie denkt an das Gästezimmer der Elfer-WG, in die sie im Sommer gezogen ist. Seitenflügel eines Gründerzeithauses, in den wilden 1980er Jahren besetzt, bald als Wohnprojekt in Selbstverwaltung übernommen. Ein Stück Geschichte der Berliner Alternativkultur, alles lange vor ihrer Zeit, setzt sich hier fort. Studenten, Sozialwissenschaftler und Umweltexperten, Künstler und Lebenskünstler, eine Tischlerin, eine Lehrerin und deren Frau wohnen hier jetzt. Von den früheren Besetzern leben bloß noch zwei im ganzen Haus. Außer ihnen blieben aus glorreichen Hausbesetzerzeiten ein paar Regeln. Ein Plenum alle Vierteljahr befindet über den Putz- und Arbeitsplan. Sowieso muss jeder einmal im Monat in der trüb beleuchteten Gemeinschaftsküche für alle kochen. Fernsehen und Tischfußball gibt's im Gemeinschaftsraum, Party für alle zweimal pro Jahr im Veranstaltungssaal unter dem Dach.
Am schwersten tat sich Johanna anfangs mit dem Umstand, dass die Türen der gemeinsamen Badezimmer weder Schlüssel noch Riegel besitzen. Gleich in der dritten Woche hatte sie ein verkaterter Übernachtungsgast ihrer Etagennachbarin morgens nackt unter der Dusche überrascht. Aber das freie Zimmer war geräumig, hell, vergleichsweise günstig. Und was das Bes-

te war: Nachdem sie bei Facebook über die Freundin einer Freundin von dem Angebot erfahren und sich dem Auswahlkomitee am Küchentisch vorgestellt hatte, bekam tatsächlich sie den Zuschlag. Dabei hatte das Casting tagelang gedauert. Solche WG-Zimmer sind beliebt, seit Investoren immer mehr Häuser luxussanieren und Studenten und Berufsanfänger zunehmend Schwierigkeiten bekommen, in den beliebten Innenstadtbezirken eine bezahlbare Wohnung zu finden.
Johanna suchte nach der Trennung von Bert etwas mit Anschluss, wollte nicht in einer winzigen Singlewohnung versauern. Die anderen zehn Bewohner des Wohnprojekts waren keineswegs alle wohngemeinschaftsüberzeugt im Geiste der frühen Hausbesetzerszene. Zur reinen Zweck-WG sollte ihr Zusammenleben aber auch nicht verkommen. Deshalb hatte die Kandidatin gute Karten: Frau, Anfang/Mitte 30, engagiert, »was mit Wissenschaft und Sozialem« bei der Arbeit, keine erkennbaren Ticks und Fimmel, geregeltes Einkommen.
Sicher, eine Schufa-Auskunft oder den berühmten Mietschuldenfreiheitsnachweis braucht niemand vorzulegen. Aber alle Bewohner – politisch korrekt natürlich: BewohnerInnen – müssen der Aufnahme eines Kandidaten Schrägstrich einer Kandidatin zustimmen. Passt einem oder einer von ihnen die Nase eines Bewerbers nicht, kann er oder sie ein Veto einlegen. Das zu begründen, fällt auch Leuten nicht schwer, die sich sonst gern besonders sozial und weltoffen darstellen. So viel hat sie in den wenigen Wochen dort schon begriffen.

Johanna Schwarz erschrickt bei der Erinnerung an das Auswahlverfahren: Eigentlich war sie für ihre Mitbewohner nur der kleinste gemeinsame Nenner, die vielfach Kompatible, die Frau mit den wenigsten Minuspunkten. Blass? Stromlinienförmig? Passend für das Unangepasste?
Nichtsdestotrotz hat das Leben im Wohnprojekt auch unbestreitbare Vorteile.
»Hör mal«, sagt sie ins Halbdunkel, als der Zug auf Nové Zámky zurollt, »wir haben auch ein Gästezimmer in unserer Wohngemeinschaft. Vielleicht ist das gerade frei.«

Saarbrücken

Die gleichförmige Bewegung des weiß-roten Zuges hat Norbert Grebbe in den Schlaf gewiegt. Die Schienen führen über blutgetränkten Boden. Hier tobten die Schlachten, tobte das Schlachten zweier Weltkriege. Weiter nördlich, weiter südlich, hier. Hunderttausende krepierten im Dreck. Begeistert sollen sie anno 1914 an die Front gezogen sein. Begeistert wofür? Die Idee, der sie folgten, war schon tot, bevor sie starben. Knochen liegen unter der Ackerkrume. Soldatenfriedhöfe als letzte Ruhestätte. Kreuze, so weit das Auge reicht. Ta-tamm.

Sein rollendes Bett nähert sich der deutsch-französischen Grenze bei Saarbrücken. Grebbe träumt im Niemandsland zwischen Wachen und Schlafen. Von einer besseren Welt.

Zu dieser Welt gehört natürlich Hanna. Eine Hanna, die nicht nur so zärtlich und einfühlsam ist, wie er sie kennengelernt hat. Er träumt von einer Frau, die bei aller Sensibilität und kritischen Distanz auch in sich ruht, zufrieden und sogar glücklich sein kann. Die sich auch einfach mal zum Trost in die Arme nehmen lässt, wenn sie traurig ist. Die ihm seine Launen verzeiht und sein Schweigen. Die den Sex mit ihm genießen kann, statt – wie beim letzten Mal – eigenhändig

nachzuhelfen. Die konstruktiv diskutiert und es anerkennt, wenn ihrer beider Meinungen eigentlich nahe beieinanderliegen.
Er träumt von einer Welt, in der er nicht über politische Gegensätze diskutieren muss. In der das Wohl des Menschen im Mittelpunkt steht statt Nutzen und Mehrwert. In der alle Kinder etwas Sinnvolles lernen. In der jeder zu essen hat und ein sicheres Dach über dem Kopf, jeder bei Freunden und Familie sein kann. Wo nicht das stärkere Auto, das neuere Smartphone, das größere Haus oder das dickere Konto über persönliches Wohlbefinden entscheiden.
Im Schlafwagen zwischen Metz und Saarbrücken träumt Norbert Grebbe von Dingen, die er wach nie zu denken wagt. Im Halbschlaf erträumt er eine Welt ohne Grenzen, auch dies eine Utopie.
Vergangene Woche hatten sie im Ministerium zusammengesessen, um die nächste Mission der EU-Grenzschutzagentur vorzubereiten. Der Chef hatte den Südländern im Ministerrat versprochen, wieder drei deutsche Hubschrauber zu schicken.
»Üben müssen die Jungs sowieso. Und so bezahlt uns Brüssel den Sprit«, flachste der Minister in kleiner Runde. »Es hat sich auch noch niemand über vier Wochen Mittelmeer samt Auslandseinsatzzulage beschwert.«
Ein Zeichen müsse die EU setzen, hatten Politiker gefordert, als im Herbst zuvor binnen einer Woche 457 Ertrunkene zwischen Libyen und Lampedusa aus dem Wasser gezogen wurden. Norbert Grebbe wunderte sich über den öffentlichen Aufschrei. Tagelang konn-

te man plötzlich vom Flüchtlingsdrama auf dem Mittelmeer hören und lesen. Dabei war Ähnliches schon Jahre zuvor wiederholt geschehen und passierte auch weiterhin. Diese selektive Wahrnehmung, dachte er, wäre mal ein gutes Thema für eine medienwissenschaftliche Untersuchung.

»Flüchtlingsorganisationen kritisieren ja die Ausrichtung der gemeinsamen Frontex-Patrouillen. Und selbst Migrationsfachleute der Mittelmeerländer halten sie für ziemlich wirkungslos«, sagte Grebbe in die Runde und ärgerte sich sofort über seine Wortmeldung. Er galt sowieso schon als Bedenkenträger. Schnell schob er nach: »Gibt's 'ne Linie, wie wir dem am besten begegnen können?«

»Verehrter Kollege Grebbe«, antwortete der Minister persönlich. »Wir wissen genauso gut wie Sie oder irgendwelche Experten in den Südländern: Wenn das Seegebiet vor Malta und Lampedusa stärker überwacht wird, kommen die Leute eben vermehrt über die Türkei nach Griechenland oder von Marokko nach Spanien. Oder über irgendeine andere Route, die halbwegs erfolgversprechend erscheint. Aber Rom klagt eben besonders laut und deshalb helfen wir. Und das bleibt bitte auch unsere Argumentationslinie: Die Italiener haben ihre liebe Not, der Flüchtlingsflut Herr zu werden, skrupellosen Schleuserbanden das schmutzige Handwerk zu legen und diese schrecklichen Unglücke auf hoher See zu verhindern. Und deshalb kommen wir ihnen zu Hilfe. Punkt.«

Klar, das ist die offizielle Linie, dachte Grebbe und hütete sich, nochmals den Mund aufzumachen. Es hatte in diesem Rahmen auch keinen Sinn, über den Gebrauch des Wortes »Flut« im Zusammenhang mit Flüchtlingen zu diskutieren. Und dass Menschenschleuser aus der Migration nach Europa nur deshalb ein lukratives Geschäft machen konnten, weil die EU ihre Hürden immer höher zog, blieb ebenfalls gerne ausgeblendet. Dabei sagten die Zäune um die spanischen Exklaven Ceuta und Melilla auf dem afrikanischen Kontinent eigentlich alles über das Verhältnis der Europäer zu ihren südlichen Nachbarn.

Bei einem Urlaub in Andalusien hatte Norbert sich einmal die Affen auf dem Felsen von Gibraltar ansehen wollen. Hanna hatte eingewilligt unter der Bedingung, dass sie auch für einen Tag nach Ceuta übersetzten.

Sie schleifte ihn mit zum Friedhof Santa Catalina am nordöstlichen Ende der Halbinsel, von dem sie gelesen hatte. Norbert sah die Gräber, die sich dort nach spanischer Art in fünf Reihen wie Schubladen in steinernen Kommoden übereinanderstapeln. Platten mit den Namen der Gestorbenen verschließen diese Grabstätten – aber an einigen Grabstellen fehlt jede Beschriftung. Dort, wusste Hanna, liegen die unbekannten Flüchtlinge, die in der Meerenge von Gibraltar ertrunken sind. Kein noch so winziger Hinweis erinnert an ihr Schicksal.

Grebbe erinnert sich an das einfache Soldatengrab seines Großvaters hier ganz in der Nähe seines nächtlichen Reisewegs über die Schlachtfelder zweier Weltkriege. Der Vater seines Vaters fiel im September '44 während der Schlacht um Lothringen.

Der Enkel hat den Friedhof mal besucht und sich vorzustellen versucht, wie der Opa wohl staunen würde, wenn er diesen Landstrich heute besuchte: keine Schützengräben, keine Grenzzäune, nicht einmal Schlagbäume. Hier ist der Traum visionärer Politiker von einem Europa ohne Grenzkontrollen im Inneren wahr geworden. Die Zäune stehen nun anderswo, in Ceuta und Melilla sind sie höher denn je.
Bei Forbach verlässt der Zug französisches Staatsgebiet und rollt nach Deutschland hinein, ohne dass der Passagier im Schlafwagen geweckt würde.

Bratislava

»Was ist eine Wohngemeinschaft?«
»In einer Wohngemeinschaft wohnen Leute zusammen, die nicht unbedingt miteinander verwandt sind. Jeder hat sein eigenes Zimmer, aber Küche und Bäder benutzt man gemeinsam. Bei uns wohnen elf Leute im Haus.«
»Alle aus verschiedenen Familien?«
»Ja. Oder fast jedenfalls: Bei uns wohnt ein alleinerziehender Vater mit zwei Kindern. Und zwei Mitbewohnerinnen sind miteinander verpartnert.«
»Was heißt verpartnert?«
»Also, das sind zwei Frauen, die offiziell als Paar zusammenleben.«
»Hast Du eine Familie?«
Ein »Psssst« aus der oberen Etage unterbricht die Unterhaltung.
»Komm, wir gehen auf den Gang«, flüstert Johanna Schwarz, erhebt sich und schlüpft in ihre Schuhe. Aryan Shukrula folgt ihr auf die andere Seite der Abteiltür. Vor dem Fenster zieht die nächtliche Landschaft der Donauebene vorbei. Ab und zu Lichter, ein zu dieser Stunde verlassener Bahnhof, schemenhafte Ortschaften, hier und da ein Auto auf einer Straße neben dem Schienenstrang.

»Meine Familie, also meine Eltern, ein paar Onkel und Tanten und Cousins und Cousinen leben in Thüringen. Das ist eine Gegend in der Mitte Deutschlands – die meisten Leute kennen nur den Thüringer Wald und die Thüringer Bratwurst. Mein Bruder wohnt mit seiner Familie in Düsseldorf«, antwortet Johanna auf die Frage des nächtlichen Reisegefährten. Ihre beendete Beziehung zu Bert lässt sie jetzt mal außen vor; das würde das Gespräch unnötig verkomplizieren.

»Wo lebt Deine Familie?«, fragt sie stattdessen.

Für Aryan Shukrula ist der Moment gekommen, Farbe zu bekennen. Er spürt einerseits das Bedürfnis, sich zu offenbaren, für einen Moment die Lüge abzuwerfen. Kann es dafür eine bessere Gelegenheit geben als dieses nächtliche Gespräch mit einer fast Unbekannten? Die Mitreisenden, denen er die Legende vom indischen Studenten auf Europatrip auftischte, schlafen hinter der Tür. Andererseits, davon ist er überzeugt, macht ihn jede Offenheit auch verletzbarer. Sein Mund ist trocken. Er schluckt.

»In Afghanistan«, antwortet er. Vielleicht wird sein Bekenntnis sich als Fehler herausstellen; möglicherweise hilft es ihm aber auch. Er kennt niemanden in Berlin.

»Oh«, antwortet Johanna.

»Und ich habe einen Cousin in Kopenhagen«, fügt Aryan hinzu. »Da will ich hin.«

»Hast Du Papiere?«

Er zieht den indischen Pass aus der Hosentasche.

»Ist der echt?«

Aryan Shukrula antwortet nicht. Sie blättert das Dokument auf. Das Foto passt jedenfalls.
»Gibt es Grenzkontrollen hier im Zug?«
»Kann sein. Ich weiß es nicht genau. Mal kontrollieren sie, mal nicht«, antwortet die Deutsche.
Sie schweigt einen Moment. Aryan sieht, wie es hinter ihrer Stirn arbeitet. Auch für sie scheint dieses Gespräch eine unerwartete Wendung genommen zu haben. Dann macht die junge Frau einen Vorschlag.
»Wenn Du willst, nehme ich Deinen Pass an mich. Wenn Kontrolleure kommen, gebe ich ihn zusammen mit meinem deutschen Reisepass ab. Vielleicht kann das helfen.«
Überrascht schaut er sie an. Sie kennt ihn ja kaum. Ist das nicht ein enormes Risiko für sie? Oder ist das ein Trick, läuft er in eine Falle? Beinahe beginnt er, seine Offenheit zu bereuen. Was hat er zu verlieren? Immerhin diesen Reisepass. Der hat ihn samt Visum mehrere hundert Dollar gekostet. Aber wenn die Grenzer misstrauisch werden, hilft der ihm auch nicht nach Dänemark. Aryan Shukrula nickt.
»Okay, wenn Du meinst.«
So wechselt der Pass kurz vor Bratislava die Hosentasche.
»Ich bin Afghane. Ich habe meine Familie vor bald acht Monaten verlassen – wegen der Taliban. Ich will studieren und arbeiten, aber das kann man in Afghanistan nicht. Jedenfalls nicht, wenn man keine wichtigen Leute kennt oder bezahlen kann«, fasst er knapp zusammen. »Wenn jemand wegen des Passes fragt, dann bin ich Inder und studiere Bauingenieurwesen.

Ich bin in Europa, um mir wegen eines Stipendiums Hochschulen anzusehen.«
»Gut«, erklärt sie, »dann weiß ich ungefähr Bescheid. Wir sollten versuchen, jetzt etwas zu schlafen. Was meinst Du?«
Ja, das meint auch Aryan Shukrula.

Kúty

Kurz vor elf steigen in Bratislava nochmals Fahrgäste zu. Einige rumpeln mit ihrem Gepäck durch den Gang. Da liegen Johanna Schwarz und der junge Mann, dessen Pass sie zu ihrem in die Tasche gesteckt hat, schon in ihren Kojen.

Sie liegt wieder andersherum, mit dem Kopf zur Tür. Wäre wohl praktischer, wenn sie die Pässe vorzeigen muss. Ob ihr Angebot so schlau war? Vielleicht würde es – wie vorhin zwischen Ungarn und der Slowakei – ja gar keine Passkontrolle geben. Vielleicht würden die Papiere an den beiden folgenden Grenzen aber doch überprüft. Was dann? Die Pässe zusammen rüberzureichen könnte helfen, musste aber nicht.

Und wenn es schiefging? Dann fliegen wir beide auf, denkt Johanna, und ich kann anschließend nicht ein mal helfen. Dann bin ich selbst dran. Was ist das dann? Beihilfe zum illegalen Grenzübertritt? Menschenschmuggel? Welche Strafe steht darauf? Sie spürt, wie ihr das Blut in den Kopf schießt ob ihrer Dummheit. Und andererseits: Afghanistan. Sie weiß wenig über das Land. Krieg und Bürgerkrieg mindestens seit den 1980er Jahren, seit die Sowjets dort die Fäden zogen. Besser ist es wohl kaum geworden seither. Alles zerschossen, alles zerstört. Kampf der Warlords, die Taliban in Kabul, dann der Westen. »Deutsche Soldaten verteidigen die Freiheit am Hindukusch« – auch so ein Fiasko. Keiner von denen traut sich unbewaffnet, unbegleitet aus den Camps. Und sobald sie abziehen, fassen die Taliban weiter Fuß. Was ist das für ein Frieden? Ein Scheißleben dort für die Frauen. Und was für Aussichten haben die Kinder, die dort aufwachsen? Der junge Bursche auf der Liege gegenüber, der hat doch sein Leben lang nichts als Krieg und Chaos und Kalamitäten kennengelernt. Erstaunlich eigentlich, dass er ein so passables Englisch spricht. Dass er sich bis hierher durchgeschlagen hat. Und dass er so freundlich und bescheiden wirkt. Jedenfalls hat so jemand alle Unterstützung verdient, koste es letztlich, was es wolle.

Ob Bert mit seiner Sachkenntnis und seinen Verbindungen dem Burschen helfen könnte? Ob er es tun würde, wenn sie ihn darum bäte?

Ihr geht die Frage des Fremden nach ihrer Familie nicht aus dem Kopf. Zwei Fehlgeburten – erzählt man davon einer zufälligen Reisebekanntschaft? Sie war damals am Boden zerstört. Bert sagte am Telefon beim ersten Mal nur, dann würden sie es einfach nochmal versuchen. So ein unsensibler Klotz, dachte sie. Und hat es nochmal versucht. Als auch die zweite Schwangerschaft nach sieben Wochen endete, ohne dass die Ärzte eine befriedigende Erklärung dafür fanden, wuchs sich das Thema zwischen ihnen zu einem Tabu aus. Sie sprachen einfach nicht mehr darüber, jedenfalls nicht gemeinsam. Obwohl sie die Gründung einer eigenen Familie als ihr wichtigstes Projekt ange-

sehen hatten. Hätte es dafür einen sinnvollen Ersatz geben können?
Der Zug rollt jetzt auf Kúty, den nächsten Grenzbahnhof, zu. Wie die Eisenbahn in finsterer Nacht habe sie damals funktioniert, denkt Johanna. Alles war dunkel. Sie vermochte nicht zu erkennen, wohin ihr Weg führte, aber die täglichen Routinen und Verpflichtungen gaben ihr wie das stählerne Gleis die Richtung vor. Ab und zu tauchten rote oder grüne Signale auf. Sie reagierte automatisch, ohne ein Ziel zu sehen.
Ergibt das Bild einen Sinn, fragt sie sich. Im Allgemeinen hütet sie sich vor bequemen Metaphern, überprüft sie gerne auf ihre Stimmigkeit. Wenn sie sich damals durch das Leben bewegte wie ein Zug durch die Nacht, war die Trennung von Bert dann die Notbremse? »Missbrauch strafbar«? Johanna Schwarz muss lächeln bei diesem Gedanken. Jedenfalls hat ihre Bahn seither wieder Fahrt aufgenommen – und rollt nicht in ewiger Dunkelheit.
Der Euronight 476 *Metropol* hingegen wird jetzt langsamer. Draußen ist es stockfinster. Dann läuft der Zug in den erleuchteten Grenzbahnhof von Kúty ein und hält.

Mannheim

In Paris hat Norbert Grebbe eine Nacht in jenem Hotel verbracht, in dem die Reisestelle des Ministeriums ihre Beamten bei Besuchen an der Seine routinemäßig einbucht. Erste Fachgespräche begannen schon morgens, weshalb die Übernachtung gerechtfertigt schien. Da Grebbe bereits mit dem Nachtzug angereist war, blieb ihm vorher ein ganzer Tag zur freien Verfügung. Er mochte es, durch die Straßen zu flanieren, Orte wiederzuerkennen, an die er sich von früheren Aufenthalten erinnerte. Gegen Mittag dieses ersten Tages suchte er das Hotel *Lutetia* auf, einen prächtigen Jugendstilbau im 6. Arrondissement, der den Nazis während der deutschen Besetzung im Zweiten Weltkrieg als örtliche Zentrale ihrer Spionageabwehr gedient hatte. Nicht Interesse an diesem dunklen Kapitel trieb ihn an den Ort, sondern die Erinnerung an ein herrliches Steak, das er bei einer privaten, geradezu romantischen Parisreise in der Brasserie des Hotels einst genossen hatte. Doch lassen sich nostalgische Gefühle selten in der Gegenwart heraufbeschwören. Als Grebbe sich auf dem Boulevard Raspail dem Hotel näherte, stellte er zu seiner Enttäuschung fest, dass der gesamte Bau wegen Renovierungsarbeiten geschlossen war.

Er aß dann lustlos in einem mittelmäßigen Restaurant mit stattlichen Preisen, bestellte gegen seine Gewohnheit schon zum Mittagessen eine Karaffe Wein, trieb danach ziellos durch die Stadt, betrat mit dem Gedanken an Émile Zolas großartigen Roman *Au Bonheur des Dames* das prächtige Kaufhaus Lafayette, ließ sich dort zum später bedauerten Kauf eines Oberhemds samt Krawatte hinreißen, fand Gewimmel und Geräusche und Gestank der Stadt bald unerträglich, fuhr mit der Metro ins Hotel, fand sein morgens dort deponiertes Gepäck schon auf dem Zimmer, zappte auf dem Bett liegend durch die französischen Fernsehprogramme, blieb irgendwann an einem banalen Softporno hängen, verbuchte den gewonnenen Tag schließlich als Verlust.
Der nächste Morgen begann besser. Gleich zu Beginn seiner Gespräche räumte Grebbe die Irritationen der französischen Kollegen angesichts deutscher Forderungen nach einer Wiedereinführung innereuropäischer Grenzkontrollen mit der Bemerkung aus, diese Einwürfe seien wirklich nur bayerische Folklore. Wie immer bei solchen Treffen halfen ihm seine Französischkenntnisse, Ergebnis eines lang zurückliegenden Auslandssemester an der Sorbonne. Als er dann die neue Linie in der Asylpolitik zur Sprache brachte, glaubten die Franzosen dennoch zunächst an ein Missverständnis.
»Doch, wir wollen eine Abkehr vom Prinzip, wonach jeder Flüchtling im Land seines ersten Asylantrags bleiben muss, bis über dieses Begehren entschieden ist«, bekräftigte Grebbe. »Dieses Vorgehen funktioniert einfach nicht mehr.«

Tatsächlich hatten auch die Franzosen gemerkt, dass die Fingerabdrücke vieler Ankömmlinge im Gegensatz zu früher nicht mehr in der sogenannten Eurodac-Datenbank zu finden waren. Die Behörden der Länder, in denen diese Menschen angelandet waren, hatten ihnen ihre Fingerabdrücke offenbar entgegen europäischer Regeln nicht abgenommen. Sie hatten sie einfach weiterreisen lassen. Ihnen für die Weiterreise womöglich sogar die Tickets geschenkt.

»Ja, das Problem kennen wir. Aber was wollen Sie dagegen tun?«, fragte seine Kollegin Valérie.

»Wir wollen ein System installieren, wonach alle registrierten Asylbewerber – egal, wo sie zuerst eingereist sind – nach einem festgelegten Schlüssel auf die Mitgliedstaaten verteilt werden. So verfahren wir auch innerhalb Deutschlands, um diese Leute auf die einzelnen Bundesländer zu verteilen.«

»Sie schlagen das vor, weil sowieso die meisten Ankömmlinge aus Syrien und dem Irak ins wirtschaftlich starke Deutschland oder nach Schweden wollen«, stellte ein junger Beamter ohne großes Bemühen um eine diplomatischere Formulierung fest.

»Selbstverständlich freuen wir uns über die deutsche Wirtschaftskraft, die unser Land nicht nur für Nicht-EU-Bürger attraktiv macht«, antwortete Grebbe dem Franzosen mit einer winzigen Spitze. »Hier jedoch geht es nicht um wirtschaftliche Fragen, sondern um ordnungspolitische und humanitäre Angelegenheiten. Und deshalb sollten alle Mitgliedstaaten gemäß ihrer Bevölkerungszahl und ihrer wirtschaftlichen Leistungskraft auch die Lasten der gemeinsamen Asylpolitik tragen – indem sie die Ankömmlinge bei sich unterbringen oder für die Unterbringung anderswo bezahlen.«

Mit der Aussicht auf mögliche Zahlungen hoffte der Minister, die Länder im Süden für seinen Plan zu gewinnen. Der schien klar und überzeugend, als sie ihn in Berlin ausbaldowerten. Als Grebbe das *Hôtel de Beauvau* am Nachmittag in Richtung *Gare de l'Est* verließ, war er sich dessen nicht mehr so sicher. Die französischen Kollegen hatten zwar höflich eine Prüfung und weitere Abstimmung versprochen, die Augenbrauen jedoch sehr weit hochgezogen.

Muss der deutsche Emissär sich deshalb Sorgen machen? Er hat die Augen geschlossen. Das regelmäßige Ta-tamm der Räder hat ihn längst in den Schlaf gesungen, als der Nachtzug CNL 451 *Perseus* Mannheim passiert.

Břeclav

Auch in Kúty öffnen sich wieder die Türen des Zugs. Menschen steigen aus und ein. Aryan Shukrula hält kurz die Luft an. Er weiß wenig über die Länder, durch die er hier reist. Vieles ist ihm ein Rätsel. Tschechien und die Slowakei gehörten wohl mal zusammen. Nun aber sind es zwei verschiedene Länder mit einer Grenze dazwischen. Wird dort besonders streng kontrolliert? Aber ist er nicht seit Ungarn wieder in der Schengenzone, wo Kontrollen an den Binnengrenzen längst abgeschafft sind? Wie passt das zusammen? Es ist schwierig zu schlafen, wenn man solche Fragen im Kopf hat, aber keine klaren Antworten darauf.

Schengen war ein Zauberwort für Shukrula, als er sich über die Möglichkeiten seiner Reise informierte. Wäre er erst in der Schengenzone, würde alles einfacher sein. Dann erreichte er Griechenland, das zur Schengenzone gehört, und alles wurde schwieriger.

Weiterhin galt es, der Polizei aus dem Wege zu gehen. »Lass' Dir bloß nicht die Fingerabdrücke abnehmen, bevor Du in Dänemark bist!«, hatte sein Cousin ihm eingeschärft. »Sonst schicken sie Dich später in das Land zurück, wo Du zum ersten Mal ›Asyl‹ gesagt hast.«

Das hatte er nicht verstanden, aber beherzigt.

Von der Ägäis-Insel Leros schlug er sich bis nach Patras im Nordwesten Griechenlands durch. Dort hatte sich der Cousin unter der Ladefläche eines Lastzugs versteckt und so per Fähre Italien erreicht. Denn Griechenland, so hatte er erzählt, gehöre zwar zum Schengenraum, freies Reisen in andere EU-Länder sei von dort aber unmöglich: Auf dem Landweg war kein anderes Schengenland erreichbar, und in den Fährhäfen wurde jeder Reisende überprüft. Keinesfalls wollte Shukrula riskieren, seinen teuren indischen Pass bei einer solchen Kontrolle zu verlieren.
In Patras checkt er wochenlang die Lage. Er lebt mit Hunderten anderer Leute, die wie er nach Italien übersetzen wollen, in einem Hüttendorf nahe der Uferpromenade. Das war Jahre zuvor schon mal abgebrannt. Bulldozer hatten die Überreste eingeebnet. Doch als Shukrula dort im Frühjahr ankam, standen auf dem Gelände längst wieder Behausungen aus Latten, Plastikplanen, Blech. Es gab wieder die Dusche in einer Ecke des Areals: eine angezapfte Wasserleitung mit einem Brausekopf unter freiem Himmel und einem Wasserhahn, aus dem die Bewohner ihre Kanister zum Kochen und Zähneputzen füllten. Auch Strom hatten die Wildcamper organisiert.
Er wohnte in einer Hütte mit sieben Landsleuten – zwei von ihnen wuschen sich selten und kratzten sich häufig, einer hustete die ganze Nacht. Doch schien ihm das in diesen Nächten mit gelegentlichem Regen erträglicher zu sein, als auf den Tennisplätzen am Meer einen Schlafsack auszurollen.

Die griechischen Behörden ließen sie hier in Ruhe – wohl bis zur nächsten Räumung des ungeliebten Camps zwischen den Rückseiten mehrstöckiger Wohnhäuser und den Bäumen eines kleinen verwilderten Parks. Die Bewohner hatten sich eine Moschee eingerichtet; obschon auch dieses Bauwerk nur aus Holzstäben, Plastikplanen und Teppichen bestand, war es wohl das am sorgfältigsten instandgehaltene Dauerprovisorium auf dem Gelände. Es gab Cafés und Kioske, deren Angebot vom eingeschweißten Fladenbrot einer Bäckerei im drei Autostunden entfernten Athen bis zum Kugelschreiber reichte.

Ein paar Mitglieder von *Ärzte ohne Grenzen* waren praktisch die einzigen Griechen, die sich für die Migranten im Wartestand interessierten. Sie leisteten medizinische und psychologische Hilfe. Von ihnen hatte Aryan Shukrula einen Beutel mit Wasch- und Rasierzeug, Zahnpasta und -bürste bekommen.

Aus Patras schrieb er manchmal im ersten Sonnenlicht Briefe an seine Familie, erzählte, dass er Landsleute getroffen habe und auf eine Möglichkeit zur Weiterreise warte. Erwähnte, dass er auf Baustellen oder bei der Frühkartoffelernte ein wenig Geld verdient habe. Verschwieg es, wenn der Bauer ihn, den Rechtlosen, um den Lohn betrogen und seinen Protest mit dem Hinweis auf die Polizei beendet hatte.

Ansonsten kreisten seine Gedanken um die Fähre. Fast täglich versuchten Kameraden, auf einen Lastzug aufzuspringen, der sie durch die Kontrollen und an Bord eines Schiffs bringen sollte. Es kam vor, dass sie auf Lastwagen landeten, die sie statt aufs Meer ins Landesinnere brachten, von wo sie viele Kilometer an der Straße entlang zu Fuß nach Patras zurückkehrten. Es kam auch vor, dass manche die Überfahrt schafften. Sie meldeten sich meist auf den Handys ihrer Freunde im Camp. Aber viele, die meisten eigentlich, wurden entdeckt. Sie landeten bei der Polizei, die sie in elende Lager am anderen Ende Griechenlands brachte.

Je länger Shukrula über diese Aussichten nachdachte, desto skeptischer sah er die Chance einer Fahrt über das Adriatische Meer. Zumal die vergleichsweise Glücklichen, die nach Italien gelangten, auch dort nicht bleiben mochten. Sie wanderten weiter nach Norden. Viele wollen nach England, das wegen der Sprache beliebt ist und weil dort niemand Ausweispapiere mit sich führen muss. Doch am Ärmelkanal, das hat er aus zuverlässiger Quelle gehört, müssen sie unter verschärften Bedingungen erneut eine Seepassage meistern. Andere streben nach Schweden; dort scheint man Flüchtlinge einigermaßen menschlich zu behandeln. Deutschland gilt nicht nur der Sprache wegen als schwierig: »Da werden Menschen verbrannt und totgeschlagen«, erzählt man sich; doch ist das Land wirtschaftlich stark, und die Afghanen fühlen sich den Deutschen von alters her innerlich verbunden. Aryan Shukrula indes will nach Dänemark, weil sein Cousin ihn nach Kopenhagen gerufen hat.

Die Länder, die er auf dem Weg dorthin durchreist, scheinen ihm wenig attraktiv. In Patras hat er sich letztlich gegen die Gefahr einer Entdeckung auf der Fährpassage entschieden und einsam beschlossen, es auf dem Landwege zu versuchen. Er wählt eine wenig bekannte Route und hofft, auf diesem Weg auch seltener kontrolliert zu werden. Stärker als zuvor bemüht er sich, in seiner geborgten Identität zu überzeugen und sich seiner Umgebung anzupassen. Der chamäleonhafte Reisende fährt über Bulgarien, Rumänien, Ungarn und in dieser Nacht durch die Slowakei – er hat noch von keinem Afghanen gehört, der in einem dieser Länder glücklich geworden wäre.

Er reist also weiter, solange man ihn lässt. Als der Zug nach Mitternacht in Břeclav hält, ohne dass Grenzschützer nach Papieren gefragt haben, atmet Aryan Shukrula auf. Noch hat er sein Ziel nicht erreicht, aber wieder ist er ihm ein Stück näher gekommen.

Brno

Bis Břeclav bleibt sie wach, die beiden Reisepässe griffbereit in der Hosentasche. Kurz nachdem der Zug samt den inzwischen angekoppelten Kurswagen aus Wien den ersten Bahnhof auf tschechischem Gebiet wieder verlassen hat, übermannt Johanna Schwarz der Schlaf. Im Grenzland zwischen der Slowakei und Tschechien hat sie nachgedacht über das, was sie die Ungerechtigkeit der Welt nennt: Der Zufall bestimmt, in welchem Land du geboren wirst, welchen Pass du bekommst – und welche Chancen.
»Ihr diskutiert darüber, wie und wo Grenzen gesichert oder gar geschlossen werden. Aber ist die Idee der Grenze an sich nicht schon absurd?«, hatte Johanna Bert mal gefragt, als sie solche Fragen noch besprachen.
»Absurd? Wieso denn absurd?«
»Schau Dir doch nur meinen Fall an«, erläuterte sie, »ich bin in einem Land zur Welt gekommen, das manchen gar nicht als eigenständiger Staat galt, sondern nur als ›die Zone‹ oder noch einfacher als ›drüben‹ bezeichnet wurde. Als Menschen in diesem ›Drüben‹ auf die Straße gingen und riefen ›Wir sind das Volk!‹, änderte sich alles: Ich hatte meinen Geburtsort nicht verlassen, aber ich lebte plötzlich in einem anderen

Land, erhielt einen anderen Pass und andere Möglichkeiten. Die Grenze war gewandert. Eine Grenze ist also nichts Unverrückbares.«

Länder, die bisher unerreichbar schienen, galten mit einem Mal als befreundete Nachbarn. Nahe Bruderstaaten verwandelten sich in ein Ausland, gegen das man sich abschirmte. Jene, die vom Ruf »Wir sind das Volk!« und seinen Folgen profitierten, fanden es vollkommen richtig und normal, dass »Drüben« und »Hüben« zusammenwuchsen und jeder sich in diesem neuen Land niederlassen und arbeiten durfte, wo er wollte – oder manchmal musste.

Nicht richtig und normal fanden viele es hingegen, dass auch die ehemaligen Brüder und Schwestern aus Ost- und Mitteleuropa sich in der neugeordneten Welt niederlassen und arbeiten wollten, wo es ihnen am besten passte. »Das sind ja keine Deutschen«, hieß es zur Begründung. Und als die Grenze weiter verschoben wurde und diese Länder der EU beitraten, sagten manche das immer noch. Deshalb erfanden Europas Innenminister sogenannte Übergangsregelungen, die den dauerhaften Gang über die alten Grenzen verzögerten.

Hinter den neuen Außengrenzen aber warteten wiederum Menschen, für die »hüben« und »drüben« nur Worte waren. Menschen, die unabhängig von ihrem Geburtsort ein besseres Leben wollten. Ein Leben ohne Hunger, Krieg, Folter, Beschneidung, Zensur, Zwangsehen, Korruption, Schläge, Armut, Demütigung, Krankheit oder Unwissenheit. Oder die ein solches Leben zumindest für ihre Kinder wünschten.

»Das sind ja keine Europäer«, hieß es nun zur Begründung des neuen »Drüben« hinter der Grenze.
»Aber es sind auch Menschen!«, wandte Johanna ein, wenn sie diese Begründung zu hören bekam. Nicht von Bert. Der wusste ja, dass dieser Ansatz aufs argumentative Glatteis führte. Er vermied es auch, das gebräuchliche Totschlagargument ins Feld zu führen: »Wir können doch nicht das Elend der ganzen Welt bei uns aufnehmen!« Ende jeder Debatte.
Ja, warum endeten eigentlich öffentliche Diskussionen häufig mit dieser Aussage, fragte Johanna sich manchmal. Wer hat je gefordert, dass wir »das Elend der ganzen Welt« aufnehmen sollen? Und wer ist »wir«? Warum können »wir« problemlos Autos in die ganze Welt exportieren, ohne uns für das Elend in der Welt interessieren zu müssen? Warum nehmen »wir« nicht für jedes verkaufte Auto einen Elenden auf? Weil die Elenden für Autos nichts übrig haben? Warum haben »wir« nach dem Zweiten Weltkrieg mehr als zwölf Millionen Vertriebene untergebracht, obwohl die Anwesenheit fremder Habenichtse in den eigenen vier Wänden nicht nur bei der Benutzung von Küche und Klo störte, sondern ständig auch das grandiose Scheitern deutscher – und häufig persönlicher – Großmannssucht sichtbar machte?
»Warum setzt sich eigentlich kein maßgeblicher Politiker in Europa dafür ein, mittelfristig die Außengrenzen zu öffnen? So, wie sich Politiker früher für die Öffnung der Grenzen zwischen den EU-Staaten starkgemacht haben?«, fragte Johanna. »Die Schengenzone ist doch auch nicht über Nacht entstanden«, argu-

mentierte sie. »Das war mal eine Utopie. Es hat Jahre gedauert, bis die Schlagbäume fielen. Aber es hat Leute gegeben, die daran geglaubt und dafür gearbeitet haben! Und heute will keiner mehr darauf verzichten! Jeder möchte ohne Kontrolle über die Grenze kommen, wenn er zum Tanken oder Einkaufen oder auf den Weihnachtsmarkt ins Nachbarland fährt!«

»Ja, aber die EU-Außengrenzen sind was anderes«, antwortete Bert.

»Wieso sind die was anderes?«

»Die Öffnung der Außengrenzen ist einfach unpopulär. Die Leute haben Angst davor, was hinter den Grenzen ist und was bei einer Öffnung auf sie zukommt.«

»Die Leute haben Angst davor, weil die Politiker ihnen Angst machen!«

»Hm, so siehst Du das.«

»Die Bürger hatten auch damals Angst, als die Grenzkontrollen zwischen Deutschland und Frankreich abgeschafft wurden oder zwischen Deutschland und Österreich und Österreich und Italien. Trotzdem hat man es gemacht! Man hat es gewollt und dafür geworben. Und heute will keiner mehr den alten Zustand zurück.«

»Ja, aber das hat Jahre gedauert. Da wurden erst viele Verträge ausgehandelt und abgeschlossen.«

»Mag ja sein, aber man hat damit begonnen und hat das schließlich gemacht. Warum traut sich das heute keiner mehr?«

»Die Leute wollen keine Visionen. Den meisten genügt die Television.« Bert grinste über sein eigenes Bonmot.

»Politik ist nicht allmächtig«, fuhr er fort. »Und in der Demokratie kann sie nichts ohne eine breite Zustimmung der Wähler. Kaum ein Wähler will aber was abgeben von seinem Erreichten oder Erworbenen. Und das stünde ja wohl zu befürchten, wenn wir mehr Gerechtigkeit auf der Welt wollen. Die wenigsten sind so idealistisch eingestellt wie Du. Und ohne Mehrheiten kann man die tollsten politischen Ideen glatt vergessen.«

Der mit dem Sujet bestens vertraute Staatsbeamte hätte hinzufügen können, dass die Schengenzone nicht nur als Wohltat für reisefreudige Bürger eingeführt worden war, sondern jede Menge handfeste Vorteile für Wirtschaft und Industrie mit sich brachte. Freie Fahrt für Pendler und Warenströme! Doch das hätte Johannas Ansicht, die Politik diene neben ihren eigenen Machtinteressen vor allem dem Kapital, nur verstärkt. Ob diese Sichtweise mit ihrer Herkunft zu tun hatte? Die Debatte, die ihm da drohte, schien er vermeiden zu wollen, und er schwieg.

Sie aber ließ das Thema nicht los. »Die Gnade der späten Geburt« war bekannt, aber wie war das mit der Gnade der – ja, wie nannte man das? - der ortsgenauen Geburt? Die Gnade der Geburt-am-richtigen-Ort? Die Gnade der geokorrekten Geburt? Die Gnade der »Hüben«-Geburt? Und die »drüben« Geborenen haben einfach Pech gehabt?

Als der Zug Břeclav verlässt, spinnt Johanna den Faden noch weiter, denkt an die Arabellion in Tunesien, Ägypten, Bahrein und anderswo. Für jene, die dort sinngemäß »Wir sind das Volk!« riefen, tat sich keine

Grenze auf. Für die meisten von ihnen veränderte sich seither wenig und das Wenige auch keineswegs nur zum Guten. Der Schlaf, in den Johanna Schwarz vor Brno fällt, ist unruhig.

Nacht

Wir haben auch mal klein angefangen. Wir haben da lange für gearbeitet. Wir haben uns das verdient. Auf dem Oktoberfest wird Bier getrunken. In Thüringen wird gefälligst Bratwurst gegessen! Wir sind stolz, Bratwurstesser zu sein.
Wir haben es auch nicht immer leicht gehabt. Wir haben ein Anrecht darauf. Wir haben es immer gewusst. Wir wissen Bescheid. Wir sind das Volk der Bescheidwisser. Wissen. Gewissheit. Bestimmtheit. Bestimmt wissen wir was.
Als Akteure in einer sozialen Marktwirtschaft haben wir eine Verpflichtung sowohl unseren Aktionären als auch unseren Tausenden Mitarbeitern gegenüber. Wir haben uns stets an Recht und Gesetz gehalten. Wir haben keinerlei Informationen darüber vorliegen, wer die von uns produzierten Rüstungsgüter in die Krisenregion exportiert hat.
Wir haben davon nichts gewusst. Wir haben davon nichts mitgekriegt. Wir haben bloß zugeschaut.
Wir tragen den Herbst im Herzen. Novembersturm.
Wir haben nichts gegen Ausländer. Wir haben nichts gegen Ausländer, aber.

Erst haben sie uns die Arbeit weggenommen, dann unsere Töchter und Frauen und nun auch noch unsere Parkplätze.
Wir haben Ordnung hier. Wir haben ihm nur unsere Meinung gesagt. Wir haben ihm nur unsere Meinung gegeigt. Wir haben ihn nicht totschlagen wollen.

Frankfurt am Main

Eine Brückenbaustelle hat den Lauf des Nachtzugs Paris-Berlin verzögert. Mit fünf, sechs Minuten Verspätung rollt er in Frankfurt am Main an einer der wenigen deutschen EU-Außengrenzen vorbei. Risse man Norbert Grebbe jetzt aus dem Schlaf, er könnte die Besonderheiten dieser Grenze mitten im Bundesgebiet sofort erklären, ohne den eigentlichen Ort auf dem Flughafen je besichtigt zu haben.

Er hat es stets vermieden, die Gegenstände seines Aufgabenbereichs im Ministerium aus allzu großer Nähe selbst in Augenschein zu nehmen.

»Als Jurist und Beamter muss man in der Lage sein, die Dinge nach Aktenlage zu beurteilen. Allenfalls hört man die Vertreter der beteiligten Parteien an – ein guter Richter handelt genauso«, argumentiert er, wenn Freunde oder junge Kollegen ihn zur angemessenen Arbeitsweise befragen. »Wer zu nah rangeht, verliert nur den Blick für das Gesamte.«

Grebbe ist kein gefühlskalter Mensch. Große traurige Kinderaugen könnten seine Vorlagen womöglich beeinflussen. Sein Credo aber ist die Objektivität. Was andere als menschliche Schicksale bezeichnen, nennt er Einzelfälle. Es hat ihn genervt, wenn Hanna auf dem Küchentisch die Broschüren von *Pro Asyl* mit ihren Fotos und Zeugenaussagen liegenließ – demonstrativ, wie er manchmal klagte.

»Du willst nur nicht mit den Konsequenzen Deiner Arbeit konfrontiert werden«, hielt sie ihm vor. »Hier wird nämlich beschrieben, was Eure Gesetze und Richtlinien anrichten.«

»Quatsch, das ist eine total einseitige Sicht der Dinge. Man muss die Sachen viel differenzierter betrachten.«

»Menschenrechte kann man nicht differenzieren.«

»Die Menschenrechte werden in Deutschland von der Verfassung geschützt.«

»Auch die Menschenrechte der Flüchtlinge, die am Frankfurter Flughafen ankommen?«

Mit dieser Frage hatte Hanna einen wunden Punkt getroffen.

»Asylbewerber, die trotz vorgeschriebener Kontrollen an den Abflugorten am Frankfurter Flughafen ankommen, halten sich zunächst im Transitbereich auf. Wenn sie an der Passkontrolle abgewiesen werden, sind sie also noch nicht in die Bundesrepublik Deutschland eingereist«, dozierte Norbert.

»Du willst sagen, das Grundgesetz gilt dort für sie nicht?«

»Natürlich gelten auch dort deutsche Gesetze. In diesem Fall das Flughafenverfahren, das eine schnellere Abschiebung nach beschleunigter Prüfung erlaubt.«

»Also ein Sondergesetz«, stellte Hanna fest.

Norbert zuckte zusammen.

»Und wenn abgelehnte Asylbewerber trotz dieses Schnellverfahrens die Chance bekommen, sich von einem Anwalt vertreten zu lassen, dann steigt die Wahrscheinlichkeit, dass sie doch einreisen dürfen, enorm«, legte Hanna nach. »Das sagen die Statistiken des Sozialdienstes. Und das zeigt doch, dass da nicht alles mit rechten Dingen zugeht.«

»Das Flughafenverfahren ist vom Bundestag beschlossen worden und hält jeder gerichtlichen Überprüfung stand«, beharrte Norbert. »Alles Weitere sind Einzelfallentscheidungen, die nach genauer Prüfung eben des einzelnen Falls gefällt werden. Jedenfalls hat uns das Verfahren geholfen, die Zahl illegaler Einreisen beachtlich zu senken.«

»Ja, klar. Weil kaum noch ein Flüchtling auf dem Luftweg nach Deutschland kommen kann. Die werden ja schon beim Abflug aussortiert, weil Ihr die Fluggesellschaften für jeden Passagier ohne gültige Papiere bezahlen lasst.«

»Ja, und das funktioniert in der Regel ausgezeichnet.«

»Ich frage mich, wie ein politisch Verfolgter überhaupt in Deutschland Asyl beantragen soll. Die deutsche Botschaft in seiner Heimat nimmt solche Anträge nicht an. Fliegen darf er nicht, wenn ihm das Regime, das ihn verfolgt, keinen Pass gibt. Ohne Pass bekommt er kein Visum, mit Pass ja auch kaum. Für den Land- und Seeweg gilt das Gleiche. ›Politisch Verfolgte genießen Asylrecht‹, steht im Grundgesetz. Aber wie sie es bekommen sollen, kann einem keiner erklären.« Auch Norbert Grebbe konnte das nicht erklären, weshalb diese Diskussion mit einem für ihn unangenehmen Schweigen zu Ende gegangen war. Übrigens nicht zum ersten Mal. Anerkennung, Zuspruch, Bestärkung – jene positiven Rückmeldungen, die jeder Mensch in einer funktionierenden Beziehung erhalten sollte – sahen jedenfalls anders aus. Wobei ihre wachsende politische Meinungsverschiedenheit zweifellos ein wichtiger, aber keinesfalls der einzige Punkt ihrer gemeinsamen Probleme gewesen war. Hatte er, Norbert, denn Hanna in ihren Ansichten und Einfällen häufig und intensiv genug unterstützt?

Diese Fragen rauben ihm nicht – nicht mehr – die Nachtruhe. Mit tiefen Atemzügen rollt er jetzt im Schlafwagen am größten Flughafen des Kontinents vorbei, ohne einen Gedanken an die kritisierten Regeln zu verschwenden. Er schläft das, was Hanna nach einer Auseinandersetzung mal den »Schlaf des Selbstgerechten« genannt hatte.

Pardubice

Seine Aufmerksamkeit hat nachgelassen. Ständig höchste Alarmstufe, 24 Stunden am Tag und das monatelang, ist unmöglich durchzuhalten. In Patras hat er sich in der Hütte mit dem Hustenden einigermaßen sicher gefühlt. Doch ansonsten herrschte dort Stillstand. Seinem Ziel kam Aryan Shukrula nur gedanklich näher, nicht geografisch.

Dauerhaft in Griechenland zu bleiben, kam für ihn nicht infrage. Ein, zwei Landsleute hatten die griechische Sprache gelernt. Sie hatten Kontakte zu Einheimischen geknüpft, Autos gekauft, Wohnungen gemietet. Das war also möglich. Diese Afghanen dienten jetzt als Vermittler, als Verbindungsmänner zwischen ihren Landsleuten im Camp und der Außenwelt. Sie besorgten die Jobs bei der Ernte oder auf Baustellen und lebten nicht schlecht in ihrer Zwischenstellung. Er aber wollte weiterkommen.

Den Weg über Italien schloss Aryan Shukrula bald für sich aus. Zu viele versuchten es so – und scheiterten. »Du musst in der Masse aufgehen«, hatte sein Cousin ihm ein ums andere Mal gesagt. Der hatte es immerhin zweimal bis Kopenhagen geschafft. Und er hatte nicht gemeint, man müsse sich auf der Reise anderen Flüchtlingen so weit wie möglich anpassen. Deren

Netzwerk war unterwegs nötig, um Kräfte und Informationen zu sammeln. Zwischendurch aber versuchte es Aryan Shukrula lieber auf eigene Faust. Auf Wegen, wo man ihn nicht vermuten würde.
Der Liegewagen von Budapest nach Berlin scheint ihm so ein untypisches Verkehrsmittel, das zwar einiges von seinem Budget verschlingt, aber in einer Nacht eine Riesenstrecke überwinden kann. In Sofia haben Backpacker ihm von der Verbindung erzählt. Und bis hierher, jenseits der slowakisch-tschechischen Grenze, ist sein Plan bisher auch aufgegangen.
Während der Zug auf Pardubice zurollt, schließt Aryan die Augen. Vor seinem inneren Auge erscheinen Bilder seiner Kindheit im Dorf. Da war die Schule, ein flacher Lehmbau an der unbefestigten Hauptstraße. Statt in ihrem dunklen Innern unterrichtete der Lehrer die knapp 30 Jungen und Mädchen – die jüngsten höchstens drei, vier Jahre alt, die ältesten vielleicht zwölf – häufig draußen. Dann saß die Klasse auf einem großen Teppich vor der Hauswand und die kurzgeschorenen Jungs behielten ihre bunt bestickten Kappen zum Schutz vor der Sonne auf. Wer Schuhe besaß, hatte sie im Staub vor dem Teppich stehenlassen. Nur der Lehrer, der in seinem blauen Mantel und dem karierten Tuch um den Kopf neben dem Teppich auf einer Stufe vor dem Eingang saß, behielt seine Stiefel an. Diesem bärtigen Mann verdankte er seine gute Kenntnis des Koran; er hatte aber nicht nur Suren auswendig gelernt, sondern auch Lesen, Schreiben und Rechnen geübt. Bald verschlang er jedes gedruckte Wort, das ihm vor Augen kam. Glücklicherweise unterstützten

seine Eltern diese Wissbegierde. Wie so viele Eltern auf der ganzen Welt wünschten sie, dass ihre Kinder es einmal weiterbrächten als sie selbst, und so durfte Aryan bald sogar die große Schule in der Stadt Balch besuchen. Aus Büchern wusste er da schon, dass die Welt größer war als jener Ausschnitt, den er mit eigenen Augen gesehen hatte. Fasziniert betrachtete er nun den Globus, den der Lehrer in Balch zur Erdkundestunde mitbrachte: All diese kleinen bunten Flecken sind in Wirklichkeit große Staaten, hinter jeder Grenze beginnt ein neues Land und dann wieder eines und wieder eines – einmal rund um die Erde.

Zwiespältig sind seine Gefühle, wenn er jetzt – fern der Heimat – an das Dorf seiner Kindheit denkt. Die Orte in dieser dürren Landschaft sind ihm einerseits vertraut, er kennt den Menschenschlag und die Traditionen. Er hat trotz der jahrzehntelangen Wirren im Land eine vergleichsweise behütete Kindheit in dieser abgeschiedenen Gegend gehabt. Doch wie in ganz Afghanistan hat auch dort der Druck religiöser Eiferer zugenommen. Die Männer tragen jetzt durchweg Bart, auch junge Mädchen einen Schleier. Das war anders, als er ein Kind war.

Wer mehr erfahren will über die Welt jenseits des enger gewordenen Horizonts, der sammelt sein Wissen jetzt besser im Verborgenen. Seine Eltern, diese großartigen Menschen, haben ihm keine solchen Beschränkungen auferlegt. Sie rieten ihm, sein Glück in der Fremde zu versuchen.

Es schmerzt Aryan Shukrula, dass er seine Familie so lange nicht mehr gesehen hat und sie wahrscheinlich noch viel länger nicht wiedersehen wird. Dennoch liegt jetzt im Einschlafen ein Lächeln auf seinem Gesicht. Sein Herz weitet sich, als er daran denkt, wie seine Eltern trotz beschränkter Mittel alles dafür getan haben, dass er im Leben etwas lernen konnte. Und wie sie ihm auch halfen, diese Reise mit ungewissem Ausgang vorzubereiten.

Prag

Der Zug würde über Prag weiter nach Norden fahren, und sie hat sich gefragt, ob wohl Theresienstadt auf dieser Strecke liegt. Sie erinnerte sich an eine Reise nach Prag und Krakau in ihrer Studentenzeit, als sie erst kurz mit Bert zusammen war. An einem Tag waren sie mit der Bahn von Prag nach Theresienstadt und zurück gefahren – kann man das einen Ausflug nennen? – und hatten sich die Stätte zehntausendfachen Leidens und Sterbens angesehen. Die ehemalige Festung hatte in der warmen Sommersonne ruhig, fast menschenleer gewirkt, zählte aber immer noch eine ansehnliche Zahl von Bewohnern. Johanna Schwarz wunderte sich, dass man an einem solchen Ort dauerhaft leben kann.

Von Prag reisten sie damals nach Krakau weiter, auch mit dem Nachtzug. Als sie ankamen, regnete es, und im Regen erreichten sie auch ihr erstes Quartier, eine etwas außerhalb gelegene und von Nonnen betriebene Jugendherberge. Drinnen ging es nicht sehr klösterlich zu, denn im großen Schlafsaal waren Männlein und Weiblein gemeinsam untergebracht. Das regennasse Zeug der Herbergsgäste war quer durch den Raum und an den Doppelstockbetten zum Trocknen aufgehängt und schuf eine etwas schwüle Atmosphäre. Dieses Ambiente entsprach ihren Vorstellungen von einem Urlaub zu zweit nur bedingt. Ebenso wenig goutierte sie, dass Bert nach der Vorbereitung des Frühstücks am nächsten Morgen im Speisesaal erzählte, wie um ihn herum junge Polinnen ihren Begleitern Kaffee kochten und appetitliche Schnittchenteller arrangierten. Als alles hübsch fertig war, betraten die Herren der Schöpfung dann den Frühstücksraum und griffen zu. »Mache ich irgendwas falsch?«, fragte er grinsend, und diese Bemerkung fand Johanna auch unter der Annahme nicht witzig, dass sie möglicherweise als Scherz gemeint war. Wenn sie selbstkritisch in sich hineinhorchte, entdeckte sie schon etwas mehr als nur einen Funken Eifersucht.

Immerhin begriff er, dass ihr das Quartier nicht passte, und so verbrachten sie die beiden folgenden Nächte in einem hübschen Hotel in der Krakauer Innenstadt. Ins nahe Auschwitz fuhren sie nicht. »Mir hat Theresienstadt schon gereicht«, meinte Bert. Er hatte überhaupt nicht begriffen, dass es ihr gerade um diese Orte des Schreckens ging. Hätte sie das deutlicher erklären müssen? Aber war das nicht sowieso völlig klar angesichts ihrer Interessen? Hatte er, der ihren Wünschen doch sonst große Aufmerksamkeit schenkte, verborgene Gründe, das berüchtigte Konzentrationslager zu meiden? Ihr blieb das bis heute rätselhaft.

Den damals benutzten Pass mit den polnischen Ein- und Ausreisestempeln besitzt Johanna immer noch. Eigentlich ein Museumsstück. Was mag wohl aus den Gummistempeln selbst geworden sein? Sind die auf den Müll gewandert? Oder hat irgendein sentimentaler Grenzer sie aufbewahrt? Benötigt werden sie innerhalb der Schengenzone ja längst nicht mehr, die stichprobenartigen Kontrollen kommen ohne sie aus. Johanna Schwarz hofft, dass es auch an der letzten Grenze in dieser Nacht ohne solche Kontrolle abgehen wird. Doch ist der Übergang von Tschechien nach Deutschland noch ein gutes Stück entfernt. Jetzt rollt der Zug erst einmal auf Prag zu. Sie hält die Augen geschlossen, hat ein wenig geschlafen, aber echte Erholung findet sie auf dieser Liege nicht. Dafür rumpelt und schwankt ihr der Waggon zu sehr.

Wie viel ruhiger war es doch während ihres Seminars in Novigrad! Da hatte man abends auf der Terrasse bei einem Glas Wein zusammengesessen oder vom Ufer unterhalb des einzigen Hotels aufs Wasser geschaut. Mond und Sterne standen am klaren Himmel. Der letzte Linienbus verließ den Ort gegen neun, um die Straße am gegenüberliegenden Ufer der schmalen Bucht hinaufzubrummen. Wenig Fremde verirrten sich in diese alte Siedlung am Ende einer Stichstraße, und über Nacht zog eine unwirkliche Stille ein. Die unterbrachen nur der Bäcker, der vor Morgengrauen seinen Holzofen anheizte, und ein paar Fischer, die in aller Frühe mit ihren Booten aufs Meer hinaustuckerten.

Entspannt hatte sie diese Wochen genossen. In dieser Gruppe von Gleichgesinnten gewann sie Abstand zu den frischen Umwälzungen in ihrem Leben. Internationalen Austausch mochte sie ohnehin von jeher.

Die Ruhe der Tagungsstätte stand in komplettem Kontrast zu einigen Adressen, die sie auf der Wohnungssuche einige Monate zuvor besichtigt hatte, denkt Johanna. Bei zweien gingen die Schallschutzfenster direkt zur S-Bahn und zur Stadtautobahn hinaus, andere Wohnungen lagen an Tag und Nacht befahrenen Kreuzungen. Sie ist froh, dann dieses recht ruhige WG-Zimmer ergattert zu haben. Das Wohnprojekt – aus aktueller Sicht also eine Dusche und ihr Bett – liegen vom Bahnhof *Südkreuz* nur fünf, sechs Fußminuten entfernt. Da macht es wenig, wenn die Nacht im Liegewagen anstrengend ist. Vorausgesetzt, es gibt keinen Ärger wegen des indischen Reisepasses in ihrer Hosentasche.

Göttingen

Lange vor seiner Zeit schon war Barbara in Göttingen aufgetreten und hatte *Göttingen* gesungen. Doch waren der Auftritt und das Chanson so eng mit einem der schmerzhaftesten Kapitel deutsch-französischer Geschichte verbunden, dass dieses Ereignis sich auch Jahrzehnte später auf Norbert Grebbes Leben auswirkte.

Er hätte wohl ebenso gut in Marburg oder Tübingen studieren können, immatrikulierte sich aber in Göttingen. Das gereichte ihm zum Vorteil, als er nach einigen Semestern ein Stipendium für Frankreich bekam.

»Ah, Göttingen! Kennst Du Barbara, die Sängerin?«, fragten ihn dort Franzosen, die selbst die deutsche Unistadt nie besucht hatten.

»Ja, klar kenne ich Barbara«, antwortete der Deutsche dann und hatte den Anfang eines Gesprächsfadens in der Hand, den er nur zu nutzen brauchte. Einem Studenten aus der besungenen Stadt musste die französische Chansonnière annähernd so bekannt sein wie die Brüder Grimm oder die Göttinger Sieben.

Das Studium an der ehrwürdigen Sorbonne, deren Kurse er im Auslandssemester ohne Leistungsdruck besuchte; die neuen Freunde, die er mit oder ohne

Umweg über Barbara kennenlernte; Pracht und Herrlichkeit der Hauptstadt, die kaum zur Ruhe kam, bevor sie morgens um fünf mit Jacques Dutronc erwachte – all dies begeisterte den Studenten aus der deutschen Provinz in seinen ersten Wochen in Paris. Kurse, Cafés, Konzerte, Kommilitonen ließen in diesen Tagen, als das Internet noch in den Kinderschuhen steckte, kaum Zeit für Gedanken über das, was vorher war und nachher kommen würde. Bis er eines Tages – YouTube war noch nicht erfunden – einen gepolsterten Briefumschlag mit einer Kassette bekam. Sie enthielt ein einziges Lied: »Dis, quand reviendras-tu?«, gesungen von, ja, Barbara.

Aufgenommen hatte die Kassette, die Norbert nach seiner Rückkehr ins Studentenwohnheim am Abend sofort mit leicht zitternden Fingern in den mitgebrachten Radiorekorder steckte und trotz des langen Rauschens nach dem einzigen Lied bis zum Ende hörte, Hanna.

»Sag, wann kehrst Du zurück?
Sag, weißt Du wenigstens das?
Dass all die vergehende Zeit
sich kaum aufholen lässt...
Dass all die verlorene Zeit
sich nicht mehr aufholen lässt!«

Es war ein kleiner Schock. Er schämte sich. Fast täglich hatte er ihr geschrieben. Aber waren diese Briefe mehr gewesen als die preußische Pflichterfüllung eines protestantisch geprägten Scheidungskindes? Sie skizzierten seinen Alltag, zitierten lange Passagen aus Denis Diderots empfindsamen Briefen an Sophie Volland und aus den Werken von Simone de Beauvoir. Er musste, wenn er ganz ehrlich mit sich war, wohl zugeben, dass er mit den Übersetzungen auch seine Sprachkenntnisse zu verbessern suchte. Hatte er selbst so wenig zu sagen, dass die vielen Blätter sonst weiß geblieben wären?

»Ich lieb Dich immer noch, ich lieb Dich immerzu,
ich lieb nur Dich allein, wie sehr, das weißt nur Du!
Doch siehst Du das nicht ein und kommst her zu mir,
Dann mach ich aus uns zwein mein schönstes Souvenir.«

Nun griff er spontan zu Stift und Papier, versicherte ihr, wie sehr er sie liebe und vermisse, flehte: »Bitte, komm!« Versprach: »In dreieinhalb Monaten bin ich zurück.« Verstand nach wie vor nicht, warum sie sich weigerte, ihn in Paris zu besuchen. Weil er dieses Stipendium – »eine einmalige Chance! Die Sorbonne!« – ohne vorherige Aussprache beantragt, ohne ihre freudige Zustimmung angetreten hatte?

»Vor Kummer sterb ich nicht, Du weißt das genau,
ich hab nicht die Tugend einer Seeleutefrau!«

Später, als es zu spät war, addierte er sein Verhalten zur Liste der Enttäuschungen, die er Hanna über die Jahre zugefügt hatte.

Ein anderer Punkt auf dieser Liste war seine Weigerung auf der gemeinsamen Polenreise, Auschwitz zu besuchen. Er hatte sich genau genommen nicht strikt geweigert, aber deutlich gesagt, dass ihm der vorangegangene Besuch von Theresienstadt eigentlich reiche. Und sein ablehnendes Gesicht dazu gemacht. Er hatte auf der Fahrt von Prag nach Krakau wach im Liegewagen gelegen, als der Zug den Bahnhof mit dem Schild »Oświęcim« passierte. Da lief ihm ein Schauer über den Rücken. Mit großer Wahrscheinlichkeit rollten sie in jenem Moment über genau die Gleise, über die Jahrzehnte zuvor die Nazis ihre Opfer ins Gas geschickt hatten. Und dann sagte er sich, dass er Hanna vor den Schrecken einer KZ-Besichtigung bewahren sollte. Obwohl sie vermutlich genau dafür diese Reise unternommen hatte. Gesprochen hatten sie darüber nicht.

Inzwischen fühlt er, dass all das Unausgesprochene einer glücklichen Beziehung entgegenstand. Er ahnt, dass Schweigen keine Option ist, wenn man für seine Gefühle kaum Worte findet. Der Mann der verpassten Gelegenheiten schläft, als sein Zug um kurz vor sechs Uhr morgens in Göttingen hält.

Prag-Holešovice

Der junge Mann, der auch die Chancen nutzt, die er nie bekommen sollte, verschläft den zweiten planmäßigen und pünktlichen Halt seines Zuges in Prag.
Es ist eine Nacht der Traumgesichte. Im Traum, so heißt es, verarbeite der Mensch das tagsüber Erlebte. Die Kraft und Vielzahl neuer Eindrücke einerseits und sein Schlafmangel andererseits haben es Aryan Shukrula in den vergangenen Monaten jedoch kaum erlaubt, seine Erlebnisse schlafend im Kopf zu ordnen. In dieser Nacht auf Schienen tauchen plötzlich Gestalten auf, die er vor Wochen in Griechenland traf. Da ist der schmale Robert, der aus Eritrea kommt und nach England will. Er wandert durch die Wüste, wartet in Libyen lang auf eine Gelegenheit zur Überfahrt und hat schließlich schon einige Seemeilen hinter sich gebracht, als Grenzschützer das Boot zur Umkehr zwingen. Weil Robert nicht in seine Heimat zurückkehren kann, sucht er einen Ausweg und tritt schließlich die verrückte Reise rund um das Mittelmeer bis in die Türkei an, um von dort Griechenland zu erreichen. Da ist der unerschütterliche Marcel aus Mali, der nach Frankreich will und einen noch weiteren Weg zurückgelegt hat. Der in Marokko erlebt, wie Kameraden im Zaun von Melilla hängenbleiben und von Grenz-

wachen zurückgestoßen werden. Der an der Küste entlang weiterzieht, sich mit Gelegenheitsjobs über Wasser hält und auf seiner schier unglaublichen Reise auch in Patras landet. »Wo ein Glaube ist, ist auch ein Weg«, sagt Marcel und meldet sich eines Morgens aus Italien: »Ich hab's geschafft! Ich bin jetzt in Bari und übermorgen in Marseille!«

Da ist der verzweifelte Abdel, der sich aus den Bürgerkriegswirren im Irak bis in den griechischen Fährhafen nach Italien durchschlägt. Er klammert sich mit einem Freund eines Nachts unter dem Aufleger eines Sattelzugs fest, der mit seiner Ladung Feta und Oliven auf das streng bewachte Hafengelände rollt. Als Spürhunde die beiden blinden Passagiere wittern und anschlagen, verlieren Abdel und sein Reisegefährte den Halt. Sie kommen unter die Räder. Abdel geht seither an Krücken. Sein Gefährte stirbt noch in derselben Nacht.

Da ist der vollbärtige Thanos, der die Menschen im Camp von Patras psychologisch betreut. Er versucht, die meist jungen Männer zum Reden zu bringen. Ihre Geschichten müssen raus, sonst gehen sie daran zugrunde. Thanos spielt Schach und andere Brettspiele mit den Bewohnern der Plastikhütten, lässt sie Bilder malen und knüpft daran Diskussionen an. Aryan hat eine rote Blume gezeichnet, die jetzt an der Wand des Sanitätszeltes hängt: »Mutter, ich wünsche mir ein besseres Leben«, hat er dazu geschrieben.

Wo mag er dieses bessere Leben finden? Das Leben der Flüchtlinge kennt keine gemeinsame Logik. Er hat sich Dänemark zum Ziel gesetzt, ein unbekanntes Land, Tausende Kilometer und viele Reisemonate entfernt von seiner Heimat. Andere bleiben neben ihren zerstörten Häusern hocken und löschen die rauchenden Trümmer mit ihren Tränen. Manche ziehen ins nächste Dorf, schlüpfen bei Verwandten unter und versuchen einen Neuanfang.

Aryan Shukrulas Schwester und Schwager gingen mit den drei Kindern in den Iran, in eine Fremde, die ihnen trotz aller Einschränkungen besser erschien als Afghanistan. Sobald die Umstände es ihnen erlaubten, holten sie die Eltern nach. Er weiß von Syrern, die mit nichts als dem, was sie tragen konnten, vor dem Bürgerkrieg in die jordanische Wüste zogen.

Wenige bringen die Kraft, den Willen und die Mittel für eine längere Reise auf: junge Burschen wie die im Camp von Patras oder in Calais, manch gestandene Männer ebenfalls. Aber auch junge Familien sind an Bord der vollen Boote, die über das Mittelmeer fahren – oder darin versinken. Schwangere Frauen. Manche Väter schlagen sich allein durch, um Frau und Kinder später nachzuholen. Mit Glück und Geld kann selbst das gelingen.

»Ich will nach Kopenhagen!«, sagt Shukrula sich jeden Morgen, jeden Abend. Es ist wie ein Gebet. Er ist überzeugt, nur die ständige Wiederholung dieses Ziels lässt ihn durchhalten. »Ich schaffe das!«, fügt er immer öfter hinzu. Wer ein Ziel hat, kann dieses Ziel verfehlen. Doch wird er irgendwo ankommen. Ohne Ziel hast du von vornherein verloren.

Manche verlieren ihr Ziel aus den Augen. Sie geraten ins Straucheln, Krankheiten bremsen sie, eine Grenze erweist sich als unüberwindlich, gutgläubig geben sie ihre letzten Dollars einem Betrüger. Wer es jedoch schafft, gehört zur Welt der Mutigen und Starken. Er mag aus dem Elend kommen und in der neuen Umgebung beschimpft, bespuckt, verachtet werden – er hat eine Zielstrebigkeit bewiesen wie wenige. Von Lima nach Los Angeles, von Massaua nach Manchester, von Homs nach Hoyerswerda, von Kabul nach Kopenhagen schafft es kein Schwächling.

Aryan Shukrula hat es von der Provinz Balch im Norden Afghanistans schon bis nach Prag geschafft. Und darüber hinaus: Eben ist das Signal im Bahnhof von Prag-Holešovice auf Grün gesprungen, und der Zug rollt weiter in Richtung Norden.

Ústí nad Labem

Wie begrüßen wir Menschen? Wie geben wir ihnen das Gefühl, willkommen zu sein? Wie machen wir uns Fremde zu Freunden? Das Seminar »Neue Ansätze der Multikulturalität in Europa« hatte solche Fragen in einem abgelegenen dalmatischen Fischerort thematisiert. Antworten hatte Johanna Schwarz in der örtlichen Bäckerei und auf dem winzigen Markt bekommen. Dort erlebte sie, wie Urlauber mit Kleinkind von der Bäckersfrau ein Brötchen, von der Obstverkäuferin eine Birne oder einen Pfirsich geschenkt bekamen: »Für das Baby!«

Die Seminarteilnehmer diskutierten über Willkommenskulturen und deren vermuteten Verfall in ihren Heimatländern. Längst schien es nicht mehr normal, dass man neue Nachbarn mit Gebäck bedachte oder neue Kollegen zum Kaffee einlud. Anhalter mitzunehmen, war in vielen Ländern aus der Mode gekommen, und das Reisen mit dem Daumen in der Luft entsprechend auch. Und wer würde einem völlig Fremden seine Wohnungstür öffnen?

Jedes Jahr vor Weihnachten standen in der Zeitung wieder Geschichten von Hilfesuchenden, die von Gastwirten oder Krankenhäusern oder Pfarrern abgewiesen wurden. Die Story vom Kindlein, das mangels Herberge in einem Stall geboren wurde, steckte irgendwie noch in den Köpfen. Praktische Folgen hatte das selten genug. Dennoch geschah auch das genaue Gegenteil, wenn sich Reporter im Selbstversuch durch die ärmsten Viertel der Großstadt fragten. Da gab es plötzlich einen warmen Platz in der Kneipe ohne nerviges »Darf's noch was sein?«, da bekamen sie einen unverhofften Schlafplatz, ein Essenspaket, ein Jobangebot.

»Die Sache ist nicht so eindeutig, denn eigentlich gibt es bei uns beides«, erzählte Johanna den anderen Teilnehmern. »Einerseits sind da die Leute, die zumachen, die keine neuen Gesichter sehen wollen, die sogar Demonstrationen und Fackelzüge organisieren, wenn irgendwo ein Heim für Asylbewerber errichtet werden soll. Die Rechtsextremen reiben sich die Hände und schüren diese Vorurteile nach Kräften. Und andererseits gibt es Unterstützer – Einzelne oder kleine Gruppen –, die offen auf Migranten zugehen und ihnen zu helfen versuchen. Aber die sind immer noch vergleichsweise selten: Wenn sich in einem kleinen Ort so eine Initiative bildet und zum Beispiel Asylbewerber beim Zurechtfinden in der deutschen Gesellschaft unterstützt, dann ist das so ungewöhnlich, dass die gleich für einen Courage-Preis nominiert wird.«

»Meine Erfahrung ist, dass Leute, die sich für Schwächere engagieren, meist viel zufriedener wirken als die, die andere ablehnen und nichts mit ihnen zu tun haben wollen«, warf Javier aus Spanien ein. »Was denkt Ihr: Sind sie zufriedener, weil sie sich engagieren, oder engagieren sie sich, weil sie zufrieden und mit sich selbst im Reinen sind?«

»Ja, das denke ich auch: Hass macht nicht glücklich«, meinte der Ungar András. Auf die Frage aber, was eher da war – das Engagement oder die Zufriedenheit –, hatte er keine eindeutige Antwort.
»Und das ist ja nur sozusagen unsere Seite«, ergänzte die Deutsche. »Wie nehmen das die Ankommenden wahr, die Schutz suchen vor Verfolgung, und dann irgendwo in der Pampa oder am Rand der großen Städte in alten Kasernen oder abgeranzten Hotels oder womöglich in Containerbauten untergebracht werden, wo die Nachbarn sie ablehnen und anfeinden?«
»Kasernen oder Hotels? Bei uns in Malta leben Asylbewerber in Zelten, die irgendwo weit weg von allem in Gewerbegebieten aufgestellt wurden«, erzählte Joseph. »Und sogar diesen Schlafplatz verlieren sie, wenn sie sich nicht regelmäßig melden – was aber unmöglich ist, wenn sie irgendwo auf der Insel einen Job gefunden haben. Das ist echt Schikane. Und sowieso sitzen sie auf Malta in der Falle: Wenn sie in andere EU-Länder weiterreisen, schicken die sie wieder zurück.«
Diese Diskussion schießt Johanna durch den Kopf, als der Zug in Ústí nad Labem mit einem Ruck zum Stehen kommt. Auf dem Polster gegenüber liegt der Afghane. Was dem wohl blüht? Werden Afghanen eigentlich wieder abgeschoben? Wie stehen ihre Chancen auf Asyl oder ein Bleiberecht? Sie stellt schnell fest, dass sie praktisch keine Ahnung hat von solchen Einzelheiten, die für viele Menschen keineswegs nebensächlich, sondern lebenswichtig sind. Dabei hat sie sich immer für gut informiert gehalten.

Falls der Junge in Deutschland bliebe statt nach Dänemark zu seinem Cousin weiterzureisen, könnte sie ihm vielleicht Hilfe organisieren. Ja, sie würde dafür vielleicht sogar...

Johanna Schwarz hat sich auf dem Rücken ausgestreckt, als der Zug wieder anfährt. Im Dämmerlicht starrt sie auf die Unterseite der mittleren Liege und erwägt ihre Idee.

Hannover

»Tütüt!« Sein Smartphone ist aus der programmierten Nachtruhe erwacht, quittiert den Eingang einer Mail. Halb im Tran greift Norbert Grebbe nach dem Gerät. Das dürfte die morgendliche News-Übersicht sein. Seit das Ministerium seinen täglich kopierten Pressespiegel abgeschafft hat, liefert ein externer Dienstleister schon kurz vor sieben das Neueste vom Tage. Wahrscheinlich muss für die maßgeschneiderte Version trotz aller Automatisierung irgendeine arme Saumorgens um vier aufstehen. Funktioniert jedenfalls gut.

Während sein Zug mit fast 20 Minuten Verspätung in den Bahnhof von Hannover einläuft, öffnet Grebbe die handverlesenen Schlagzeilen.

»Deutschland wirbt für neue Asylpolitik – Paris offen für Lastenverteilung«. Grebbe grinst. Hat sich doch gelohnt, dass er einem befreundeten Journalisten vorab einen Tipp gab. »... wie das Ministerium in Berlin bestätigte ...« Hehe. Er ist noch nicht aus Paris zurück, da posaunt die Presse schon einen Verhandlungserfolg in die Welt. Da wird der Chef nicht meckern können.

»Ein Toter bei Messerstecherei vor Asylbewerberheim – Polizei nimmt Verdächtigen fest«. Na, zum Glück keine Schlägerei. Schlägereien werden meist von Nazis und Ausländerhassern angezettelt. Messerstechereien liefern sich eher die Bewohner untereinander – kein Wunder eigentlich bei den Zuständen in den Unterkünften, aber politisch leichter zu händeln. Manchmal fragt Grebbe sich, ob er allmählich zum Zyniker wird. »Bayern will Afghanen abschieben – Innenminister: Land ist sicher«. Oh, die Flüchtlingsorganisationen werden ausflippen. Der bayerische Minister argumentiert, wenn die Bundeswehr am Hindukusch nicht mehr gebraucht werde, könnten Asylbewerber ohne Gefahr zurückkehren. Da kann sein Chef besonnen und ausgleichend auftreten.

Früher hat er sich auf Diskussionen mit Hanna und gemeinsamen – naja, tendenziell wohl eher ihren – Freunden über die Frage eingelassen, was denn sichere Drittländer ausmacht. Ob Menschen nach Jahren, wenn sich die Lage ändert, in diese Länder zurückkehren sollen. Ob der Staat sie auch zur Ausreise auffordern soll, wenn ihnen dazu die Papiere fehlen. Wie Abschiebungen in Länder laufen können, in die es nicht einmal reguläre Flugverbindungen gibt.

Schnell wurden diese Debatten grundsätzlich.

»Muss die Politik denn ständig auf der Rückkehr bestehen?«, fragte Frank, ein gemeinsamer Freund aus Studienzeiten, noch bei einem Essen im vergangenen Sommer. »Wäre es nicht viel besser, den Betroffenen hier bei uns Perspektiven zu geben? Wenn die hier voll in die Gesellschaft eingebunden sind, erledigt sich die Sache doch von selbst.«

»Genau! Statt obsessiv über die Rückführung zu reden, sollten die Politiker sich ernsthaft Gedanken machen, wie man die Leute besser eingliedert«, pflichtete Hanna ihm bei.

»Mag sein, aber Ihr wisst doch ganz genau, dass sich nicht alle Flüchtlinge und Migranten eingliedern wollen. Wir versuchen es ja. Aber es ist eben nicht alles ideal und steuerbar«, hielt Norbert ihr entgegen und übernahm seufzend einmal mehr die langweilige Rolle des Beamten aus dem Bundesinnenministerium, der die staatstragenden Argumente runterspulte. Dass die Gesetzeslage eindeutig und von Gerichten bestätigt sei. Dass man für eine andere Politik auch Mehrheiten bräuchte. Dass die Wähler in Umfragen durchweg eine harte Linie verlangten.

»Das ist doch nur, weil ihnen das ständig vorgebetet wird«, behauptete Hanna.

»Wenn Politiker von besseren Lösungen überzeugt wären, dann müssten sie die auch öffentlich vertreten. Aber dazu haben sie nicht den Arsch in der Hose«, meinte Frank. »Dabei warten die Leute nur darauf, dass mal einer klar eine menschenfreundliche Position vertritt. Dann würde sich die öffentliche Meinung auch ändern.«

»Aber viele Politiker halten die Wähler einfach für doof. Und dann begeben sie sich auf das Niveau der Doofheit, das sie ihren Wählern unterstellen«, ergänzte Hanna. »Oder hält Dein Minister seine Wähler etwa für intelligent?«

»Also, das tue ich mir jetzt hier nicht länger an«, hatte Norbert geantwortet, war aufgestanden, ins Schlafzimmer gegangen und hatte den Fernseher eingeschaltet. Dabei hatte er lange Zeit ähnlich gedacht. Politik,

meinte er, müsse Ideale haben. Politiker sollten für Überzeugungen kämpfen.
Hatte er im Ministerium nicht mit der Vorstellung zu arbeiten begonnen, er könne – auf seinem bescheidenen Niveau – Dinge ändern und verbessern? Tatsächlich hatte er Verbesserungen vorgeschlagen. Er war doch kein kaltherziger Technokrat, kein machtorientierter Taktiker! Er hatte im Job eben nur wenig Gelegenheit, sein Mitgefühl zu zeigen.

Morgen

Ein Libanese aus Bremen hat den Kartoffeldöner erfunden. Der Kitafreund unserer Tochter heißt Baray. Uns fehlt es an nichts. Wir teilen gern. Geteilte Freude ist doppelte Freude. Kommt uns einfach mal besuchen.
Wir erinnern uns an die Deutschstunde, Oberstufe, Bertolt Brecht, *Der gute Mensch von Sezuan*, ein gelbes Taschenbuch, rot unterstrichen auf Seite 10: »Die Welt kann bleiben, wie sie ist, wenn genügend gute Menschen gefunden werden, die ein menschenwürdiges Dasein leben können.« Wir wollen gut sein und erinnern uns keiner Lösung. Wir lesen auf Seite 139: »Wer den Verlorenen hilft, ist selbst verloren!«
Wir lernen. Wir lernen uns kennen. Wir sind wie Kinder. Wir kennen uns. Wir wärmen uns im Winter. Wir werden Mütter und Väter.
Wer an das Unglaubliche glaubt, kann es wahr werden lassen. Nur wer an das Unglaubliche glaubt.
Sie haben an die Öffnung der Grenzen zwischen einst verfeindeten Ländern geglaubt und ein Europa ohne innere Grenzen geschaffen. Eine Welt ohne Grenzen ist möglich. Wer's glaubt.

Děčín

»Einreisekontrolle! Die Papiere bitte!«

Das ist der befürchtete, der entscheidende Moment. Kurz nach dem Halt in Děčín öffnet sich die Abteiltür. Ein Uniformierter schaltet das Licht an.

Aryan Shukrula hat darüber nachgedacht, wie er in dieser Situation zu reagieren habe. Er reibt sich also die Augen, schirmt sie gegen das Licht ab, versucht ein Lächeln. Dabei pocht sein Herz ganz unerträglich.

Der Ungar oben reicht zwei ungarische Personalausweise hinunter. Die Blonde zieht einen deutschen und einen indischen Pass aus der Hosentasche.

»Sie reisen zusammen?«

»Ja, klar.«

Auch ohne die Sprache zu verstehen, bemerkt er, wie sicher und fest ihre Stimme klingt. Das hat er nicht erwartet.

Der Beamte blättert durch den indischen Reisepass, findet ein Schengenvisum, vergleicht das Foto mit Shukrulas verschlafenem Gesicht.

»Wohin reisen Sie?«

»Berlin.«

Jetzt gilt es. Aryan kann die Spannung kaum ertragen. Wird der Uniformierte weiterfragen? Werden sie Auskunft geben müssen, sich in Widersprüche verwickeln?

Was passiert, wenn seine kleine Legende auffliegt? Und was riskiert die Frau auf der Liege gegenüber?
Wieder und wieder hat er sich auf seiner Reise ausgemalt, welche Widrigkeiten er würde überwinden müssen. Er hat Geschichten von Festnahmen und Abschiebungen gehört. Er ist den Vertretern der Staatsgewalt, wo immer möglich, ausgewichen. Und hat sich zugleich auf den Fall der Fälle vorzubereiten versucht. Auf eine Situation, in der eine zufällige Reisebekanntschaft nachts im Liegewagen nach Berlin an der tschechisch-deutschen Grenze seinen indischen Reisepass an einen deutschen Grenzschützer weiterreicht, ist er nicht eingestellt.
Der Beamte reicht ihr die Pässe zurück, greift nach dem Dokument des Japaners. War es das jetzt?
»Wohin reisen Sie?«, fragt er nun auf Englisch.
»Nach Berlin. Und von dort nach Polen und in die baltischen Staaten.«
»Was ist der Zweck ihres Aufenthalts?« »Geschäftlich. Ich verkaufe Bonsai-Bäume«, antwortet der Befragte. Die Routine seiner Antwort zeigt, dass er wohl nicht zum ersten Mal solcherlei Auskunft gibt. Der Beamte blättert den Pass von vorne nach hinten durch. Und dann nochmal von hinten nach vorn, schaut sich einige Stempel genauer an. Schließlich reicht er auch dem Japaner sein blaues Heftchen zurück.
»Gute Reise!«
Der Uniformierte schaltet das Licht aus und schließt die Tür. Geschafft! Es hat tatsächlich geklappt! Shukrula mag es kaum glauben. Er schaut zu seiner Mitreisenden hinüber und hebt den Daumen. Sie lächelt und erwidert die Geste.

Er fühlt sich glücklich und weiß nicht, wie er seine Dankbarkeit ausdrücken soll. Es wäre sicher auch unklug, das jetzt zu tun. Ebenso wenig wagt er sie zu fragen, was der Kontrolleur wissen wollte. Zugleich ist er überzeugt, dass sie das großartig gemacht hat.
Ihre Idee, beider Pässe zusammen rüberzureichen, war gewagt, aber erfolgreich. Sein Plan, von den üblichen Wegen der Migranten abzuweichen, hat bis hierher ebenfalls funktioniert. Statt Schleuser dafür zu bezahlen, ihn im klapprigen Minibus durch Europa zu karren, hat er auf seine eigene Nase vertraut und die Bahn genommen. Und zwar den Nachtzug. Und da nicht die billigste Variante im Sitzwagen, sondern den Liegewagen, den Backpacker ihm empfohlen hatten. Er reist wie ein Rucksacktourist, benimmt sich wie ein Rucksacktourist und wird für einen Touristen gehalten. Er grinst und schüttelt den Kopf. Er kann's noch gar nicht glauben.
Aryan Shukrula erhebt sich etwas von seiner Liege und blickt aus dem Fenster. Ist das hier jetzt noch Tschechien oder schon Deutschland? Egal. Er hat die Grenzkontrolle hinter sich. Oder kommt da womöglich noch eine?
Der Zug fährt jetzt an der Elbe entlang. Wieder so viel Wasser! Wenn sein Onkel im Dorf das sehen könnte. Der pflügt Jahr für Jahr die knochentrockenen Hänge, sät sein Getreide in die Furchen und hofft auf die Regenzeit. Die dauert oft nur zwei, drei Tage. Und der Regen ist häufig kaum mehr als ein sehr feuchter Nebel. Doch dann färben sich die Hügel über Nacht in ein zartes Grün, und eine magische Schönheit brei-

tet sich über der sonst so staubigen Landschaft aus. Wenn der Regen in den vergangenen Jahren mitunter ausblieb, hatte der Onkel sein Maultier umsonst vor den Pflug gespannt. Und hier fließt eine solche Menge Wasser! Die Welt ist seltsam eingerichtet, denkt Aryan Shukrula, bevor er lächelnd in einen kurzen Schlaf fällt.

Dresden

Das ungarische Paar ist in Dresden ausgestiegen. Bis zum nächsten Halt in *Berlin-Südkreuz* teilt Johanna Schwarz sich das Abteil mit dem Afghanen und dem Japaner. Sie liegt rücklings in ihrer Koje, streckt sich, macht sich so lang sie kann.
Immer noch fühlt sie sich erleichtert. Die Grenzkontrolle hat ihr doch einen krassen Schrecken eingejagt. Ein Glück, dass dann alles gut ging.
Waren die Beamten so früh am Morgen noch verschlafen? War es allein das gemeinsame Rüberreichen der Pässe? War's das Lächeln des Afghanen oder ihre nicht zu zögerliche, nicht zu schnelle, nicht zu ausführliche Antwort auf die Frage, ob sie zusammen reisten? Oder lullte alles insgesamt die Wachsamkeit des Kontrolleurs ein?
Und warum, fragt sie sich, konnten nicht andere Dinge auch so glatt verlaufen? Für die Trennung von Bert hatte sie sich geradezu rechtfertigen müssen. Er selbst verlangte eine Erklärung, »eine schlüssige Begründung«. Befreundete Paare reagierten mit Unverständnis. Selbst ihre Eltern redeten auf sie ein.
»So ein netter Junge – höflich und erfolgreich. Und er hat Dir immer Deine Wünsche erfüllt!«
»Was weißt Du schon, Mama.«

»Jedenfalls habt Ihr gemeinsame Interessen, Ihr habt so tolle Reisen gemacht! Und dass ihr kein Kind habt – was nicht ist, kann noch werden.«
Das musste ausgerechnet ihre Mutter sagen, die bei jeder Gelegenheit durchblicken ließ, wie gerne sie Enkelkinder hätte, dachte Johanna und schwieg. Sie hörte ihre biologische Uhr ticken. Hätte sie mit Bert Kinder bekommen, sie wäre wohl geblieben. So aber fehlte ein gemeinsames Projekt.
Großartig reagierten ihre Single-Freundinnen. Auf die war Verlass. In ihrer Gegenwart konnte sie mit ihrer selbstgewählten Lage hadern, konnte lästern, lachen. Und sie konnte mit ihnen vor allem einfach ausgehen und quatschen. Da fühlte sie sich jung wie in alten Zeiten. Und brauchte nichts zu erklären.
Johanna freut sich auf eine entspannte Zeit. Gleich am Wochenende wird sie sich mit Manuela oder Heike verabreden. Was läuft eigentlich gerade im Kino? Einfach spontan mal ausgehen, ohne erstarrte Zweier-Routinen. Keine miesepetrigen Reaktionen auf ihre Vorschläge. Bei dieser Erinnerung zweifelt sie schon wieder, ob sie ihre in der Nacht entwickelte Idee wirklich weiterverfolgen soll. Andererseits geht's dabei um mehr als ihr eigenes Wohlbefinden, und das rechtfertigt wohl den Versuch.
Jetzt wacht der Afghane wieder auf – wann schläft der eigentlich richtig? – und schaut aus dem Fenster auf flache brandenburgische Landschaft.
»Hier, Dein Pass! Hätte ich fast vergessen.«
»Oh, danke. Ich hätte schon noch danach gefragt.«
Wieder schaut er hinaus. Was fasziniert ihn so an die-

sem Anblick? Klar, wenn du zum ersten Mal durch ein völlig fremdes Land fährst, ist alles neu, vieles ungewohnt. Aber hier? Wiesen, Felder, kleine Wälder. Nichts Aufregendes.

»Sag mir, bitte, was ist das dort?«, fragt er.

Johanna Schwarz rückt zum Fenster.

»Was meinst Du?«

»Jetzt ist es weg. Aber da ist wieder so ein Ding. Dort, schau! So wie ein kleiner Turm aus Holz.«

»Ah, Du meinst die Hochsitze.«

»Hochsitze? Was ist ein Hochsitz?«

»Da sitzen manchmal Jäger drauf, um Tiere zu schießen: Hasen, Rehe, Wildschweine und so.«

»Sie schießen nur auf Tiere? Nicht auf Menschen?«

»Auf Menschen? Du liebe Güte, nein. Wie kommst Du denn darauf?«

»Ich habe gehört, in Deutschland werden Menschen getötet und verbrannt. Menschen, die aus dem Ausland nach Deutschland kommen.«

»Oh je. Ja, es gibt Fremdenfeindlichkeit. Aber normalerweise wird niemand erschossen. Okay, ein paar verrückte Fanatiker haben auch Migranten erschossen, aber das waren Terroristen, Kriminelle, keine Jäger auf Hochsitzen. Es stimmt schon, es werden auch Ausländer zusammengeschlagen, und es gab üble Brandanschläge. Also, es ist bestimmt nicht immer einfach für Menschen, die nach Deutschland kommen. Aber man kann nicht sagen, dass hier Menschen generell getötet und verbrannt werden. Das sind zum Glück immer noch Ausnahmen. Und üblicherweise versucht die Polizei, die Täter zu fangen und zu bestrafen.«

Sie ist schockiert über die Aussage ihres Mitreisenden. Sie hat vom schlechten Ruf gelesen, den Deutschland unter Zuwanderern lange hatte. Zu Recht, wie sie findet. All diese sogenannten Einzelfälle, die genau betrachtet so einzeln nicht sind. Die Brandanschläge, die NSU-Terroristen, der alltägliche Rassismus. Asylbewerber, die von den Wachleuten ihrer Unterkünfte böse misshandelt werden. Der Mann aus Sierra Leone, der an Händen und Füßen gefesselt in einer Polizeizelle in Dessau verbrennt. Alles furchtbare Geschichten.
»Ja, es sind schlimme Sachen in Deutschland passiert«, fährt sie fort. »Aber man kann nicht sagen, dass Menschen aus dem Ausland hier in ständiger Lebensgefahr sind. In den großen Städten ist es auf jeden Fall besser, würde ich sagen. Du wirst sehen: In Berlin kannst Du Dich ohne Angst bewegen.«
Der Afghane schweigt und schaut weiter aus dem Fenster. Was mag er denken?
»Willst Du erstmal in Berlin bleiben? Wie gesagt: Wir finden eine Unterkunft für Dich, bei uns im Haus oder anderswo. Du bist eingeladen.«
Er seufzt.
»Ja.«
In diesem Moment beschließt Johanna, ihre Idee zu verwirklichen. Sie wird es zumindest versuchen. Sie wird diese SMS schreiben. Jetzt gleich.

Berlin-Spandau

»Sehr geehrte Fahrgäste, wir erreichen in Kürze *Berlin-Spandau*. Der nächste Halt unseres Zuges ist *Berlin-Spandau*. Bitte beachten Sie, dass dieser Zug heute aus betrieblichen Gründen nicht in *Berlin-Hauptbahnhof* hält. Der Zug fährt heute von *Berlin-Spandau* ohne Halt bis *Berlin-Südkreuz*. Reisende mit Ziel *Berlin-Hauptbahnhof* steigen bitte in Spandau oder am Südkreuz um und benutzen die Regionalbahn. Wir danken für Ihr Verständnis.«

Ah, dafür hat er alles Verständnis der Welt. Ohnehin hasst er den Hauptbahnhof wegen seiner Unübersichtlichkeit, der langen Wege beim Umsteigen und dem Übermaß an Geschäften. Wenn der Zug direkt bis zum Südkreuz durchfährt, wird er vielleicht auch noch ein, zwei Minuten seiner Verspätung aufholen. Norbert Grebbe fingert in der Sakkotasche nach seinem Handy.

»Hallo, Sabine, guten Morgen! Hier ist Norbert. Liegt schon was an?«

»Guten Morgen, Norbert! Nein, alles ruhig bisher. Nur die Jungs von der Pressestelle waren gestern sauer, dass sie eine Anfrage wegen der Gespräche in Paris bekamen, von denen sie keine Ahnung hatten.«

»Sie werden's überleben.«

»Hm, schon. Könnte aber sein, dass sie sich oben beschwert haben. War ja nicht das erste Mal.«
»Oh, danke für die Vorwarnung! Na, ich bin spätestens um elf im Büro, nur dass Sie Bescheid wissen. Der Zug hält heute nicht am Hauptbahnhof, ich muss also erstmal zum Südkreuz. Aber ich bin auf jeden Fall rechtzeitig zum Briefing da.«
»Gut, bis nachher dann.«
»Ja, bis dann. Tschüss.«
Das Gerät zeigt eine Gesprächsdauer von 43 Sekunden an. Da sieht man, wie effizient ein eingespieltes Team kommuniziert, denkt Grebbe.
Routinen sind doch etwas Schönes. Zuhause fehlen die ihm, seit Hanna ausgezogen ist. Sie hat das Teegeschirr mitgenommen, das er nun beim Frühstück entbehrt. Die leeren Stellen im Bücherregal hat er auszugleichen versucht, die sieht man kaum noch. Leer blieb das Regal im Bad, wo ihre Flaschen, Flacons und Döschen standen. Ihn hat dieses Sammelsurium gestört. Nun sehnt er sich fast danach. Wenn er vor dem Weg ins Ministerium nachher kurz in die Wohnung geht, um seinen Koffer abzustellen, wird alles leblos wirken. Keine Reste eines Frühstücks am Morgen, nichts.
Details. Eigentlich fehlt Hanna. Und das schon seit Wochen. Sie hatte ihm ihren Entschluss mitgeteilt, dann einige Kartons vollgepackt und die mit Freunden in einen gemieteten Transporter geladen. Eins dieser weißen Fahrzeuge mit blauem Seehund auf der Seitenwand.
Das ist wohl die Geschäftsgrundlage dieses lokalen Anbieters: Ständig ziehen Leute in Berlin ein, aus, um.

Paare finden sich, suchen Wohnungen mit Kinderzimmer, müssen in die billige Platte ausweichen oder können sich den renovierten Altbau mit Stuck und Parkett leisten. Paare trennen sich.
Hanna war in diese Schöneberger WG gezogen, was Norbert nicht verstand. Das wäre ihm echt zu nervig, ständig diese Leute, ihre Ansichten und Befindlichkeiten, gescheiterte Existenzen. Ein Jahr Zweck-WG in Göttinger Studienjahren hatte ihn kuriert.
Einmal ist sie noch aufgetaucht, hat ein paar vergessene Sachen eingesammelt. Seither herrscht Funkstille. Die scheint ihm das Schlimmste zu sein.
»Meine Damen und Herren, in wenigen Minuten erreichen wir *Berlin-Südkreuz*...«
Grebbe zieht das Sakko über, greift nach seinem Rollkoffer mit der Computertasche, nimmt die Jacke in die andere Hand und tritt auf den Gang.
»Tütüt!«, meldet sich sein Handy. Die Nachricht soll warten. Jetzt erstmal aussteigen.
»Unser nächster Halt ist *Berlin-Südkreuz*, Endstation, bitte alle aussteigen. Das Team der Deutschen Bahn wünscht Ihnen einen guten Aufenthalt in Berlin. Wir hoffen, Sie hatten eine angenehme Reise und würden uns freuen, Sie bald wieder an Bord eines unserer Züge begrüßen zu dürfen.«
Bla-bla, denkt Grebbe.
»Bla-bla«, sagt der Herr, der aus dem benachbarten Abteil tritt. »Haben Sie das gehört?« Er imitiert den Tonfall der Durchsage: »›Bald wieder an Bord eines unserer Züge begrüßen zu dürfen...‹ – so ein Quatsch! An Bord des Nachtzugs Paris-Berlin wird bald nie-

mand mehr begrüßt. Der wird einfach abgeschafft!«
»Ja, da haben Sie leider Recht«, erwidert Grebbe.
»Was war das für ein schönes Reisen: Man steigt ein, die Türen schließen, der Zug rollt an und die Entspannung beginnt«, fährt der Fremde fort. »Ich weiß gar nicht, wie oft ich Berlin-Paris und Paris-Berlin mit dem Nachtzug gefahren bin. Erst hatte ich einen Job im Disneyland, dann bin ich mit meiner Frau nachts in die Flitterwochen gestartet, und später sind wir mit den Kindern oft zu Kurztrips nach Paris gefahren. Schade, wirklich sehr schade.«
Grebbe nickt.
»Früher hatte sogar jeder Nachtzug einen Speisewagen. Ein wunderbarer abendlicher Treffpunkt! Alles weg! Soll ich jetzt tagsüber achteinhalb Stunden im Zug sitzen? Das ist doch absurd! Wenn man moderne Liege- und Schlafwagen mit guter Geräuschdämmung einsetzen würde, würden die Bahnkunden das gewiss goutieren. Stattdessen werden nur noch die alten Kisten verschlissen und am Ende außer Dienst gestellt. Tolle Bahnreform! Das Sterben der Nachtzüge ist doch eine Bankrotterklärung der deutschen und europäischen Verkehrspolitik. Umweltfreundliche Zugverbindungen werden eingestellt, und Flugbenzin bleibt steuerbefreit. Ach, es ist ein Jammer.«
Bei diesen Worten des Nachtzug-Nostalgikers rollt der CNL 451 *Perseus* mit 20 Minuten Verspätung in den Bahnhof *Berlin-Südkreuz* ein. Viel Grau, roher Beton, das Metall der Aufzüge und Rolltreppen. Eine zugige, schummrige Höhle unter dem Parkdeck und dem breiten Bahnsteig der Ringbahn, der die Aufgänge von

den Gleisen der Fern- und Regionalzüge verbindet. Eckig, praktisch und ohne jede Schönheit.
Norbert Grebbe nickt dem Mitreisenden nochmals zu und steigt aus dem Waggon. Die leicht stickige Wärme einer Nacht auf Schienen bleibt zurück: der Muff gerade verlassener, ungemachter Betten gemischt mit der Luft aus der stetig summenden Klimaanlage und dem zweifelhaften Rasierwasserduft seines Abteilnachbarn.
Auf dem Bahnsteig stellt Grebbe seinen Koffer ab, greift zum Smartphone. Am Gleis gegenüber ist gerade ein Nachtzug aus der Gegenrichtung eingefahren. Die Rolltreppe füllt sich, also eben die neue Nachricht checken. Oben sind es ja nur ein paar Schritte, am Ende der Treppe rechts, durch die Halle, wieder runter, am *McDonald's* vorbei zur Haltestelle des 248ers. Jetzt, wo er eh am Südkreuz aussteigen muss, kann er auch noch kurz den Koffer zu Hause abstellen. Er lächelt, als er auf dem Bildschirm den Absender sieht. Er öffnet die SMS und liest: »Hallo, Bert...«

Berlin-Südkreuz

»Wie heißt Du eigentlich?«
»Johanna. Johanna Schwarz. Und Du?«
»Aryan Shukrula.«
Er schaut kurz nach seinem Rucksack, blickt sie dann direkt an.
»Danke nochmals für die Sache mit den Pässen. Das hat ja wunderbar geklappt...«
»Keine Ursache.«
Das Herzklopfen an der tschechisch-deutschen Grenze ist längst abgeflaut. Soll er sich wieder fürchten, jetzt und hier? Lächerlich.
»Und wenn Dein Angebot, also...«
»Ja, klar. Komm einfach mit. Wir schauen, ob das Gästezimmer bei uns im Haus frei ist, und falls nicht, finden wir was anderes für Dich. Keine Sorge.«
»Okay, danke. Vielen Dank!«
»Kein Thema. Wir müssen an der ersten Station in Berlin aussteigen: *Berlin-Südkreuz*. Wir sind gleich da.«
Sie bot ihm zu essen an, als er Hunger hatte. Sie zeigte an der Grenze seinen Pass vor, als ihm die Entdeckung drohte. Sie will ihm helfen in dieser Stadt, in der er nichts und niemanden kennt. Mehr weiß er eigentlich nicht von ihr, aber dieses Wenige reicht ihm,

um sein Schicksal vorläufig in ihre Hände zu legen. Gleichzeitig schultern sie ihr Gepäck.
Was ist das jetzt? Noch im Gang neben den Abteilen tippt Johanna – genau, so heißt sie – auf ihrem Handy herum. Scheint eine Nachricht abzuschicken und steckt das Telefon weg. Hat das etwas für ihn zu bedeuten? Dann steigen sie aus.
»Hier müssen wir hoch, am Ende der Rolltreppe links, dann bis zum Ende der Halle und wieder runter«, erklärt die Frau. Am *Burger King* vorbei werden sie in fünf Minuten zur *Roten Insel* marschieren.
Aryan Shukrulas erste Schritte auf deutschem Boden fühlen sich anders an als seine ersten Schritte in der Türkei, in Griechenland oder Ungarn. In der Türkei stieg er zerschlagen aus dem Lastzug, der ihn am Ägäisstrand abgesetzt hatte – der Blick auf das Meer und die frische Luft nach Tagen in dem stickigen Versteck belebten ihn wieder. In Griechenland watete er nach der waghalsigen Überfahrt unterm Sternenhimmel durch kühles Wasser an Land, schob das Boot zusammen mit den anderen Männern so weit wie möglich ans Ufer und begriff, dass er eine wichtige Etappe geschafft hatte. Ungarn erreichte er nachts auf schmalen Pfaden, um den indischen Pass nicht bei einer offiziellen Einreise in die Schengenzone aufs Spiel zu setzen; nach dem Überschreiten der grünen Grenze durfte er hoffen, unbehelligt bis Dänemark zu kommen.
Nun steht er auf einem deutschen Bahnsteig. Der Zug hat ihn nach einer Fahrt durch grüne, von der Morgensonne beglänzte Landschaften in einer grauen

Betonhalle abgesetzt. Aryan Shukrula fragt sich, was ihn in dieser Stadt erwarten mag. Man hatte ihn vor deutschen Bürokraten, Polizisten, Ausländerfeinden gewarnt. Und der erste Mensch, mit dem er hier zu tun bekommt, ist eine freundliche Frau, die ihm eine Unterkunft verspricht.

Er schaut sich um. Ein älterer Mann in gebügelten Hosen und beigefarbener Multitaschenweste späht mit einer Taschenlampe in die Trennmüllbehälter. Hinter ihm auf dem Bahnsteig steht jemand im Sakko, der sein Handy konsultiert. Der Mann im Sakko lächelt. Auch Aryans Begleiterin scheint den Mann zu bemerken.

»Komm schon!«, sagt sie und strebt auf die Rolltreppe zu.

Er setzt sich in Bewegung. Er weiß nicht, warum sein Blick an dem Sakkoträger hängenblieb. Er ahnt nicht, was der auf seinem kleinen Bildschirm liest.

»Hallo, Bert!«, liest der Mann. »Könntest Du mir helfen, eine Aufenthaltsgenehmigung oder Asyl für einen Afghanen zu bekommen? Das wäre echt toll! LG, Hanna«.

Aryan Shukrula registriert, wie Johanna Schwarz beim Blick über den Bahnsteig kurz zusammenzuckt. Er sieht, wie der Mann, der eben noch lächelte, beim längeren Schauen auf sein Handy die Stirn runzelt. Dann trägt die Rolltreppe sie beide nach oben.

Siegloff / Monasse

Im Namen der Route 66 Au nom de la Route 66
Drei Reisen in Europa Trois voyages en Europe

Die »Route 66« in Belgien, Deutschland und Frankreich

Zwei Reisende spüren einem lebendigen Mythos nach. Sie erfahren die Route 66 im europäischen Format: Statt von Chicago nach Los Angeles führt ihr Weg von Barntrup nach Bielefeld, von Trois-Ponts nach Huy und von Mulhouse nach Remiremont. Sie treffen Biker und Briefträger, Tankwarte und Wirtsleute, Schrotthändler und Hauptkommissare. Sie hören Geschichten, sehen Berge und Brücken, Felder und Fachwerk und zwischen allem das graue Band der Straße. Die heißt Bundesstraße 66 in Deutschland, Nationalstraße 66 in Belgien und in Frankreich. Die Expedition auf dieser Route führt ins Abenteuer Alltag – und entwickelt zwischen Sonnenuntergang in Westfalen und Sternschnuppen über den Vogesen ihren ganz eigenen Charme.

Texte: Roland Siegloff *Fotos: Thierry Monasse*
Übersetzung aus dem Deutschen: Véronique Petitprez
128 Seiten, 108 Farbfotografien, 3 Karten, Text deutsch und französisch

ISBN 978-3-943622-04-1

Siegloff / Monasse

Im Namen der Route 66 In the Name of Route 66
Neue Reisen in Europa New Journeys in Europe

Die »Route 66« in Österreich, Ungarn und der Slowakai

Es muss nicht immer Amerika sein. Straßen mit der legendären Nummer 66 gibt es auch in Europa. Und diese Routen stecken voller Überraschungen. Zwei Reisende gehen deshalb auf Entdeckungstour – diesmal in Österreich, Ungarn und der Slowakei. Zwischen Unterpirkla und Ilz etwa treffen sie eine ambulante Friseurin, den Schokoladenkönig Zotter und die Familie Höggerl mit ihrem 59er Cadillac. Sie erleben Busfahrer, Nonnen und Polizisten zwischen Pécs und Kaposvár und bestaunen den großungarischen Traum noch im kleinsten Nest. Einen Erotik-Club hinter dem Friedhof, Kamele und Burgen, eine historische Radtour und ein dröhnendes Motorradtreffen finden sie auf der Strecke von Šahy über Banská Bystrica nach Pusté Pole mitten im Nationalpark Niedere Tatra. So führt auch in diesem Band ihre Expedition direkt ins Abenteuer des Alltäglichen.

Texte: Roland Siegloff *Fotos: Thierry Monasse*
Übersetzung aus dem Deutschen: Paul Osborn
120 Seiten, 143 Farbfotografien, 3 Karten, Text deutsch und englisch

ISBN 978-3-943622-05-8